Dies ist die tragische Geschichte zweier Seelen, die zueinander gehörten, aber durch eine skrupellose und selbstsüchtige .... Schlampe getrennt wurden. Eine Hotel-Prinzessin aus reichem Hause, die vermutlich immer alles bekam - nahm sich den Mann einer anderen, einer schwangeren Frau, die auf ihren Verlobten wartete, um ihm nach Italien zu folgen und ihn zu heiraten. Während der Bräutigam nach Italien zurück muss, um seinen Militärdienst abzuleisten, sitzt seine hochschwangere Verlobte Zuhause in Deutschland und wartet auf ihn. Das Drama nimmt seinen Lauf.

Zeitgleich verstärkt die Hotel-Prinzessin in Italien ihren Einfluss auf den Mann. Der hochschwangeren Freundin in Deutschland quasi die Hände gebunden. Sie muss erst einmal das Kind zur Welt bringen und wird dennoch von der Widersacherin belästigt und mit Briefen bedroht. Sie versprüht Terror pur und ist gnadenlos unbarmherzig, wie es nur ein echtes Miststück, ein skrupelloser Egoist sein kann. Es ist, als wäre der schlimmste Alptraum wahr geworden.

Die Widersacherin beeinflusst den Mann in Italien mit ihrem Familienclan so stark, dass sie ihn für sich gewinnt. Nun beendet er die Beziehung zur Freundin in Deutschland und die Schwangere stürzt in tiefste Seelenqualen. Sie kann sich nicht wehren, ihrer Widersacherin ist sich dieser Tatsache sehr wohl bewusst.

An diesem Punkt schwört sich die verschmähte Verlobte ewige Rache an dieser Frau, die ihr den Mann und ihrem

Kind den Vater nahm. Ihr war auch klar, dass dies länger dauern könnte. Und sie hat eine Message an diese Schlampe:

„Du bist in mein Leben getreten, hast es zertrampelt und zerstört. Du hast meinem Kind den Vater genommen. Eines Tages werde ich in Dein Leben treten, ich werde es genauso zertrampeln und zerstören, so wie Du es mit mir gemacht hast!"

Eine spannende, aufwühlende Geschichte, die ans Herz geht.

## Gedicht an meine Widersacherin!

Bin die Eisprinzessin
tief erstarrt von eurer Kälte.
Schnee bedeckt mein Herz,
meine Seele ist erfroren,
regungslos lieg' ich im Schnee.
Meines Schmerzes Grund bist Du,

DU SCHLAMPE!

Es gibt eine Liebe,
die über jede Liebe erhaben ist,
die Leben überdauert.
Zwei Seelen aus einer entstanden.
Vereinigt wie zwei Flammen.
Identisch – und doch getrennt.
Manchmal zusammen, durch Gefühl und Verlangen verschweißt.
Manchmal getrennt, um zu lernen und zu wachsen. Aber einander immer wieder findend.
In anderen Zeiten, anderen Orten.
Wieder und wieder…

Überlieferung aus dem 6. Jahrhundert vom japanischen Patriarchen Tatsuya

# Inhaltsverzeichnis

1. Wie wir uns kennenlernten
2. Seine Herkunft – Marco C.
3. Die hundsgemeine Hotel-Prinzessin
4. Ausstattung des Hotels
5. Das erste Mal und die liebe Eifersucht
6. Macho, Mama & Weihnachten
7. Unsere Pläne und Träume
8. Er führt mich zum Juwelier
9. Oh Gott ich bin schwanger
10. Er verlangt eine Diät von mir
11. Das Versprechen gebrochen
12. Ratschlag eines Italieners
13. Sein Bruder droht mir
14. Kindsvater taucht ab
15. Freunde und Eltern enttäuschen mich
16. Schlaflose Nächte
17. Jahre voller Qualen - meine Selbstzerstörung
18. Karma strikes back
19. Der italienische Mann
20. Ein Besuch im italienischen Konsulat
21. Ich fühle mich befreit nach 33 Jahren
22. Late Daddy sucht Kontakt zum Sohn
23. Mein neues Leben nach dem Buch

# Kapitel 1

# Wie wir uns kennenlernten

Ich weiß noch, es war fast, als wäre es gerade erst vorhin passiert, vor einer Minute. Das ich ihn traf. Es war im Spätherbst 1982, als mir so die Decke auf den Kopf fiel und ich irgendwie einen Tapetenwechsel brauchte. Zuhause ging mir alles schrecklich auf die Nerven und ich war einige Monate zuvor aus USA zurückgekehrt, was mir auch noch ziemlich zu schaffen machte. Meine Verlobung mit einem Amerikaner, die dabei in die Brüche ging, war dabei noch das geringste Übel. Die Trennung war genauso dramatisch, wie spektakulär. Wir hatten über drei Jahre lang versucht, dass ich schwanger wurde, jedoch vergeblich. Die Belastung der ungewollten Kinderlosigkeit war so groß, dass die Beziehung daran zerbrach. Ich war mir völlig sicher, fast vier Jahre ohne Verhütung, das konnte einfach nur an mir liegen! Ich war traurig, tieftraurig und hatte mich schmerzlich damit abgefunden, niemals eigene Kinder zu bekommen. Mir war sonnenklar, ich war unfruchtbar! Ein schwerer Schicksalsschlag, den ich nur sehr schwer überwinden konnte. Mit dieser Altlast ging ich nun in diese neue Beziehung mit meinem Italiener. Natürlich dachte ich nicht im Traum daran, Verhütungsmittel zu nehmen, denn ich war ja unfruchtbar!

Als irgendwann die Periode aus blieb, war ich völlig fertig und schloss bereits mit dem Leben ab, weil ich annahm, ich hätte Unterleibskrebs. Als die Frauenärztin mir dann gratulierte und ich ganz blöd fragte: „Wie, habe ich keinen Krebs?", meinte sie nur: „Nein, Sie sind schwanger!" Ich fühlte mich in dem Moment, als hätte mich ein Bus gestreift.

*****

Ich war es einfach nicht mehr gewohnt, in einem solchen Kaff (Entschuldigung) zu leben, das nur 1.500 Einwohner hatte. Ein winziges Nest, wäre es nicht so trostlos, hätte ich einen Witz darüber gerissen: Ja! Unser Schulbus war ein Skateboard! Ironie off. Natürlich war so rein gar nichts in diesem winzigen Nest los, außer ein paar Kühen, die auf der Weide standen. Diese aussichtslose Szenerie war für mich ziemlich belastend, da ich nun mal weitaus kultiviertere Orte, wie Malibu (Kalifornien) oder Denver (Colorado) gewohnt war.

Jedenfalls fraß mich eines Tages mal wieder tödliche Langeweile auf, als ich auf die glorreiche Idee kam, mal vielleicht als Kellnerin zu arbeiten. Das sollte mir doch etwas Abwechslung vom tristen Alltag bescheren, oder etwas nicht? Gesagt, getan. Oh, Moment mal. Wäre doch wirklich nicht ich gewesen, wenn ich mir nicht eine Disco ausgesucht hätte. Nach zwei Anrufen bekam ich gleich eine erfreuliche Zusage eines Discothekenbetreibers aus Düsseldorf. Vorstellungstermin! Einfach mal vorbeikommen sollte ich, dann könnte man Näheres sagen. Gut. Also zog ich mir meine besten Disco-Klamotten an und fuhr mal runter. Angekommen stellte ich fest, das es eine ziemlich dunkle Hütte war. Der Chef war überaus erfreut, mich zu sehen, zumal gerade eine Thekenkraft ausgefallen war. Punktum. Ich sollte hinter der Theke arbeiten und Getränke servieren, Geld kassieren. Ist ja jetzt nicht so kompliziert und der Hyperjob, bei dem einen das Gehirn qualmt. Natürlich traute ich mir diesen Job zu. Wäre doch gelacht, wenn ich das nicht hinkriegen würde!

Ich durfte dann direkt am nächsten Samstag anfangen und mir war schon relativ flau im Magen vor lauter Aufregung, wie das alles so laufen würde. Pünktlich trat ich dann meinen Dienst an und war stolze Besitzerin einer halben Theke, also mein Zuständigkeitsbereich war begrenzt. Meine langen Haare waren natürlich penibel genau frisiert, mein Makeup war den Dunkelheitsverhältnissen angepasst und für das Trinkgeld, na. Da gab es eine süße Rüschenbluse mit tiefem Ausschnitt, die übrigens bei meinen Boutiquenstreifzügen ein halbes Vermögen gekostet hatte. Ja, und eben die Wirkung ließ auch nicht lange auf sich warten. Ruck zuck war meine Thekenhälfte gefüllt und die Männer fühlten sich offensichtlich wohl dort. Was meine Kollegin auf der anderen Thekenseite wohl nicht von sich behaupten konnte. Die stand alleine ohne einen einzigen Kunden da und sah ziemlich zerknirscht aus. Das ging dann etwa so zwei Stunden gut, bis der Chef schließlich zu mir kam. Er wollte mal kurz mit mir sprechen. Wir gingen kurz in den hinteren Teil und er begann mit der Problematik meiner Kollegin. Nun, die arme Frau hätte so gänzlich überhaupt keine Kunden und würde ganz alleine da stehen. Ach, hatte ich schon gesagt, dass ich auch prozentual an den Getränken beteiligt war? Also mein Gehalt war davon abhängig, wieviel Umsatz ich machte. Nun, der arme Chef konnte sich das stille Leiden meiner Kollegin nicht mehr mit rein ziehen und fragte mich dann: „Sag mal, hast Du was dagegen, wenn ich 1 oder 2 Kunden zu der rüber hole, damit die auch was zu tun hat?" Was sollte ich dazu schon großartig sagen? Sah ich etwa aus wie ein Kameradenschwein? NEIN! Aus dem Grunde gab ich ihm auch zu verstehen, dass das völlig in Ordnung wäre und ich meinen Gottessegen dafür geben würde. Klar, nimm dir ruhig gleich alle, ist nur mein Geld du Vollspast!

Der erste Arbeitstag ging dann auch bald sehr spät nachts zu Ende, was heißt eigentlich nachts? Doch wohl eher früh am Morgen, würde ich sagen! Es war bereits gegen zwei Uhr morgens, als ich mich völlig übermüdet in meinen BMW schmiss und schnell nach Hause fuhr.

Nachdem ich den ersten Tag so super überlebt hatte, mir aber irgendwie noch dieser Kundenraub meines Chefs ziemlich schräg im Magen lag, musste ich mich schon auf den nächsten Einsatz vorbereiten. Sonntag. Irgendwie hatte ich keine richtige Lust, aber trotzdem war ich in der Lage, meinen Dienst wie aus dem Ei gepellt anzutreten. Es war dann auch alles sehr flau, nichts los. Der Laden war einfach leer und füllte sich auch erst später am Abend nur sporadisch. Schließlich war es schon ungefähr 22.00 Uhr, ich hatte mich an dem Abend nett unterhalten mit einigen Gästen, Männern natürlich. Der ein oder andere davon sah schon verdammt gut aus.

Plötzlich kam eine kleinere Gruppe rein, die mir erst einmal gar nicht auffiel. Zwei junge Männer und eine Frau. Von den Männer gefiel mir ganz spontan der mit den gelockten, schwarzen Haaren und den dunklen Augen. Der Blitz traf mich doch gottverdammt auf der Stelle. Völlig süß sah der aus! Schließlich wurde es immer später und es war einfach nichts mehr los in dem Laden. Es war relativ leer bis auf diese kleine Gruppe und etwa ein bis zwei Gästen. Ich stand an der Theke und einer der jungen Männer aus der Gruppe kam zu mir zur Theke, quatschte mich an. Er redete permanent auf mich ein, obwohl davon kaum die Hälfte verstehen konnte, denn es war halbdeutsches Kauderwelsch und halb Italienisch. Irgendwie muss es mir imponiert haben, wie sich dieser Typ, er stellte sich übrigens mit Marco vor, sich ins Zeug legte, um mir zu imponieren. Er gab aber auch nicht locker. Wir redeten und redeten so dahin, also Marco, der an meiner Thekenhälfte stand und ich. Chef winkte mich dann rüber und meinte, ich könnte heute eher Schluss machen, es wäre ja nichts los. Oh klasse! Jubel! Ich verließ also meine Thekenhälfte und ging zu dem Italiener rüber, der wohl völlig von der Rolle war, dass ich jetzt auch noch privat und so in voller Lebensgröße vor ihm stand. Er lachte und versuchte, seinen ganzen Charm spielen zu lassen. Natürlich fragte er mich, wie alt ich war und ich antwortete selbstverständlich wahrheitsgemäß: 25 Jahre alt. Ich sollte dann unmittelbar danach das Alter von Marco raten, was mir relativ schwer fiel. Irgendwie konnte man ihn altersmäßig nur schwer einschätzen. Mir war aber klar, nach allem, wie er sich gab und so, musste er wohl so um die 23- 27 Jahre alt gewesen sein. Das sagte ich ihm auch, um seine Frage zu beantworten. Er lachte dann schallend und meinte, da liegst Du aber völlig falsch! Ich konnte irgendwie gar nicht begreifen, worauf er hinaus wollte.... Da gab es schier keine andere Möglichkeit. Wie alt sollte er denn wohl sonst sein? 100? Nein. 30? Never. Nun, da er immer noch mit diesem Rätsel nervte, bat ich um Auflösung des Ganzen. Tja. Und was kam dabei raus? Er war 18 Jahre alt. Wollte er mir jedenfalls weismachen. Aber hallo. Das kann doch nicht sein. Der sah doch nicht wie 18 Jahre aus! Nun ja, gesagt, getan. Ich ließ mir dann zum Schluss doch seinen Ausweis zeigen, weil ich es einfach nicht glauben konnte, nein. Ich fühlte mich übel verarscht. Was mich dann umso mehr überraschte war, Gott. Der Kerl hatte völlig recht! Er war 18. Nachdem ich das endlich realisiert hatte, wechselte das Thema und wir redeten den ganzen Rest des Abends weiter, saßen zusammen auf einer Bank und waren ganz schön heftig am flirten. Ich wusste also mittlerweile, dass beide im Pizzastadel, einer Pizzeria, am arbeiten waren und der Luigi, der Süße mit den Locken war leider schon mit seiner Begleitung Claudia liiert. Ich hatte noch nie jemanden erlebt, der sich so dermaßen einen

Wolf gelabert hat, nur um mir zu imponieren! Die beiden anderen aus der Gruppe luden mich dann ein, ich sollte mich zu ihnen an den Tisch setzen. Also saßen wir da: ich, Marco, Luigi und Claudia. Lustig waren wir kreuz und quer am reden und reden. Als dann irgendwann dieser unverhoffte Abend zu Ende ging, war ich irgendwie ziemlich hin- und hergerissen. Alles endete damit: ich gab Marco letztendlich meine Telefonnummer. Ich hatte zumal keinen blassen Schimmer, wohin das alles führen sollte oder weshalb ich das eigentlich tat. Es war ein sogenannter Vagina-Reflex.

Am Abend fuhr ich dann nach Hause und war schon mal sehr gespannt, wann und ob Marco sich melden würde. Da ich auf den Job in der Disco keinen Bock mehr hatte, kündigte ich gleich fristlos, mit der Begründung, ich hätte keine Lust, mir meinen Verdienst mit anderen zu teilen, was darauf anspielte, als Cheffe mir ein paar Kunden von meiner Seite holte, weil auf der anderen Thekenhälfte alles tot war bei meiner netten Kollegin. Endlich wieder ein zwangloses Leben. Aber hatte sich nicht etwas geändert? Ich wollte doch eine Veränderung! Und hatte mein Schicksal mir eine beschert? Oh ja. Und die hieß Marco.

Ich saß am nächsten Morgen am Frühstückstisch unten bei meinen Eltern und ließ mir das frische Brötchen schmecken, als auch schon das Telefon klingelte. Gott. Es war Marco. Ich war gleichfalls überrascht und wir plapperten so einige Dinge dahin und insgeheim kam mir so im Hinterkopf die Frage auf: „Was willst Du eigentlich mit dem?" Er war mir eben noch völlig fremd. Es war nicht so, dass ich mich jetzt so in ihn verliebt hätte, Liebe auf den ersten Blick oder so ein Schmarrn. Nein. Es wieder einmal reine Langeweile, die mich immer wieder zu den verrücktesten Sachen trieb. Außerdem fehlten wir irgendwie Streicheleinheiten. Eher doch die Langeweile. Vielleicht auch die Neugierde? Egal, wir verabredeten uns auf jeden Fall für einen Wochentag, ich sollte ihn am Restaurant abholen, was ich auch tat.

Mittlerweile kam mir die grandiose Idee, das wäre doch eine super Gelegenheit, endlich mal Italienisch zu lernen. Also fragte ich ihn, ob wir wohl regelmäßig zusammen lernen könnten, er sollte mir Italienisch beibringen und ich würde ihm im Gegenzug dann Deutsch beibringen. Marco war von der Idee total begeistert. Ich besorgte mir Italienischbücher und benutzte die als Grundlage zum lernen, für ihn ließ ich mir ein eigenes Programm einfallen und druckte es mir aus. So büffelten wir dann auf Parkplätzen in ganz Düsseldorf so manche Stunde und lernten beide relativ schnell. Er konnte gut Deutsch und ich Italienisch. Plötzlich hatten wir einen neuralgischen Punkt erreicht. Hilfe. Ich merkte, wie irgendwie aus der ganze Sache mehr wurde. Hatte ich nicht bei der letzten Unterrichtsstunde das Bedürfnis in mir gespürt, ihn zu küssen. Hatte ich mich nicht besonders chic gemacht, den kurzen Rock etwas hochrutschen lassen? Na und überhaupt. Hieß es nicht immer, Italiener wären ziemlich temperamentvoll? Solche Sachen brachten mich immer kräftig ins Schleudern, ich hatte eine dünne Haut und war ziemlich richtungslos. Wie auch immer. Eines Tages geschah das Unvermeidliche und wir küssten uns.

Nach dem ersten Treffen waren mittlerweile ein paar Wochen ins Land gezogen und ich wollte ihn endlich mit nach Hause nehmen und ihn meinen Eltern vorstellen. Gesagt, getan. Auch diese Pflichtnummer hatten wir gemeinsam gut gemeistert. Mittlerweile stellten wir fest, dass wir einige Gemeinsamkeiten hatten, tasteten uns aber immer noch relativ langsam voran. Wir ließen alles langsam angehen. Nachdem Marco dann auch das erste mal bei mir Zuhause war, konnte meine Mutter es nicht lassen und ihn zum Mittagessen einladen. Oh, wie hoch erfreut. Sah alles so aus, als wäre er gut aufgenommen worden.

Am nächsten Tag stand meine Mutter in der Küche und kochte leidenschaftlich die Spezialität des Hauses, Königsberger Klopse. Kotz. Schon klapperten die Teller, mein Marco saß auch am Tisch und der Topf wurde auf den Tisch gestellt. So wie bei Mama Zuhause in Italien, gell. Ich schaute meinen Marco ganz verliebt an, er blinzelte verliebt zurück. Da saßen wir nun beide nebeneinander in der Küche meiner Mutter und waren am Mittagessen. Mutters Spezialität auch noch! Ich meine, sie hätte genauso gut völlig leckere Schnitzel machen können, tolle Rouladen mit mehreren Sorten von Gemüse, einen Gulasch, zwar ziemlich traditionell, aber gut. Nein. Es mussten Königsberger Klopse sein. Diese blassen, säuerlichen

Knödel mit irgendwelchen Kapern drin, die auch noch in einer so ekelhaften milchigen Sauce schwammen. Bittere Sauce. Mittlerweile füllte Mutter die Teller persönlich mit den diesmal riesigen Knödeln und Marco schaute erst mal ganz irritiert auf diesen Teller. Oh. Hatte ich erwähnt, dass er Koch war? Oh ja. Wenn Du weißt, was die italienische Küche so alles an Leckereien hergibt, dann stell' dir doch bitte jetzt einmal Königsberger Klopse vor! Die Messer und Gabeln klapperten fleißig an den Tellern und ich drückte mir Bissen für Bissen von den Klößen mit der sauren Soße herunter. Meine Güte, war ich froh, als ich nach gefühlten 100 Stunden endlich einen leeren Teller vor mir hatte! Kam natürlich gleich die gutgemeinte Frage, ob ich noch einen Nachschlag haben wollte. Nein, danke. Bitte nicht. Schöööön. Zum Glück gab es mal zur Abwechslung keine Widerrede auf der anderen Tischseite von der Oberbefehlshaberin. Mein liebster Marco war auch fertig und Mutter fragte ihn, ob er denn wohl noch einen Nachschlag haben möchte. Er nickte freudig und sagte: „Si, gerne!" Ich schaute ihn an und dachte mir so im Stillen: „Ist doch schon ein Teufelskerl, mein Schatz." Den Teller zum zweiten Male wohlgefüllt, stellte Muttern ihm die Schlemmerei vor die Nase und mein tapferer Krieger mampfte wie ein griechischer Held seine Portion fein artig weg. Schließlich war auch mal der Teller leer, der Teller von Marco. Blitzeblank. Und da saß er und lächelte überglücklich. Als hätte er gerade am Nektar der Unsterblichkeit genippt, gestärkt und blendend gelaunt, tja, das war mein Schatz. Ein richtiger Sizilianer halt, ne. Sowas kriegst Du nicht alle Tage. Sowas kannst Du Dir auch nicht im Otto-Katalog bestellen. Nur richtig pööööse Mädchen kriegen solche Höllenhunde!

Schnell ging dann die übliche Küchenarbeit nach dem Essen los. Ein wirres Hin- und Herrennen, die eine griff das schmutzige Geschirr, ich die Teller und dann musste gespült und der Tisch abgeputzt werden. Mit einem mal fiel mir doch was auf. Verflucht, wo war denn mein Marco geblieben? Der war ja auf einmal weg. Erst dachte ich, er wäre zur Toilette, nachdem er dort aber auch nicht war.... suchte ich das ganze HAUS nach ihm ab, plus Keller. Ich war völlig verdattert. Blieb nur noch draußen nachzusehen, was ich dann tat. Ich ging den Hauseingang heraus und rechts zu den Garagen hin. Und was musste ich dort zu meinem Erstaunen sehen? Richtig! Da stand doch tatsächlich mein Marco! Ich so zu ihm:

„Was machst Du denn hier. Ich such Dich schon überall."

Er so: „ Kotzen!"

„Hä? Wie kotzen?"

„Oh, mir ist sooooo schlecht!"

„Ach mein Armer", ich musste tatsächlich lachen, weil er doch noch extra so freudestrahlend den Nachschlag genommen hatte!

„Warum hast Du denn nicht den Nachschlag einfach abgelehnt, Schatz?"

„Ich wollte doch Deine Mutter nicht kränken?"

Oh Gott, das tat mir jetzt aber leid.

Ich musste mich erst mal um den armen Kerl kümmern und wir gingen in mein Zimmer. Das lag direkt im Dachgeschoss. Wir waren bislang noch nicht so weit gekommen, dass komplette Dachgeschoss auszubauen. Nur das eine Zimmer bot uns Ungestörtheit.

Wir lümmelten uns aufs Bett, ich bemutterte meinen tapferen Helden und bald ging es ihm auch schon wieder besser. Wir hörten Musik und überhaupt, wir redeten viel und alles war so neu und aufregend.

Eigentlich liebte ich auch Italien sehr. Ich mochte schon immer diese herrliche mediterrane Architektur, dieses Flair der Menschen, ihre Gelassenheit. Vielmehr hasste ich dagegen das Deutsche. Aber das schien irgendwie ganz tief in mir zu stecken, so dass es keiner erahnen konnte, wie sehr ich doch alles südländische mochte. Hatte ich nicht aus diesem Grund einen Italiener als Freund? Wäre das nicht der nächstliegende Gedanke, dass jemand Italien mag; dass Essen und alles Drumherum. ... wenn ich einen Freund aus dem Land habe? Für mich war das sonnenklar. Da wir mit jedem Tag enger zusammen wuchsen, versuchte ich, möglichst viel über Italien und Italiener heraus zu bekommen, welche Ansprüche er stellte usw. Leider hatte ich dabei ganz vergessen, dass mein Held ja auch Sizilien kam. Die Süditaliener schlagen noch ein gesondertes Kapitel auf.

Einiges mochte meine Grenzen erreichen; ich war insgeheim noch relativ kindisch und hatte von den ernsten

Dingen des Lebens noch keine großen Vorstellungen. Ich konnte auch schrecklich starrsinnig und zickig sein. Mir war erst mal klar: „Ich wollte von den ernsten Dingen des Lebens erst mal Abstand nehmen und mir mein herrlich kindliches Gemüt bewahren! Ich wollte einfach nicht erwachsen werden. Alles in mir sträubte sich. Doch warum? Es gab Tage, da konnte ich mich einfach selber nicht verstehen. Ich war mir selbst das größte Rätsel.

Er dagegen wusste schon genau was er wollte. In dem Punkte waren wir schon mal ganz unterschiedlich. Es war auch so, dass er mich mit der Zeit dominierte. Ja, er beherrschte mich quasi. Und ich fand das herrlich. Ich kümmerte mich schließlich um nichts mehr, ob wir rausgingen, wohin wir gingen, wann und wo irgendetwas passierte: das bestimmte alles Marco. Ich war überglücklich. Indem ich einfach nur noch das tat, was er wollte. Je mehr ich aber sein völliges Eigentum wurde, desto eifersüchtiger wurde er. Auch ein ein Phänomen. Ich fand das total lustig. Fast erschien es mir zu mancher Stunde völlig undurchdringlich, was das Schicksal wohl so mit mir vor hatte.

# Kapitel 2

# Seine Herkunft – Marco C.

Marco C., dessen Vater sich in einer Orangenplantage abplagen musste, um die vielen hungrigen Mäuler Zuhause zu stopfen, kam aus einer ärmlichen sizilianischen Familie. Man sollte noch erwähnen, dass es bei Italienerin üblich ist, sich etwas „ranghöher" zu vermählen, bzw. sich systematisch eine „gute Partie" auszusuchen. Jedes Volk hat seine Eigenheiten und Kultur, da kann ich nur andere warnen! Die Italiener wie auch die Sizilianer, mögen sie so arm sein, wie sie sind, sind trotzdem mit einem Stolz beseelt, als wären sie der Königssohn vom verlorenen Schloss XY. Ja, der Tagelöhner musste hart schuften, während seine nichtsnutzigen Söhne ihm dabei die Orangenplantage abfackelten – ganz resolut und völlig simpel - mit ein paar Streichhölzern.

Eine sizilianische Familie aus ärmlichen Verhältnissen, dazu ungebildete Elternteile, also zumindest meine ich damit, dass sie nicht studiert haben. Marco hatte viele Geschwister, einer davon war sein ältester Bruder Gabriele. Den hat er ganz besonders gerne geärgert, indem er ihn frotzelte, er wüsste ja letztendlich nicht, wer sein Vater wäre. Er aber dagegen schon. Was er damit sagen wollte?

Früher war es üblich auf der Insel Sizilien, dass der Großgrundbesitzer, also in dem Sinne der Orangenplantagenbesitzer die erste Brautnacht mit der Braut verbrachte. Das nennt man "Herrenrecht der ersten Hochzeitsnacht". Ja, die Feudalherren hatten ein Recht auf den Beischlaf mit den bäuerlichen Untertanen. Damit hatten sie das Recht, vor dem eigentlichen Ehemann den Geschlechtsverkehr zu vollziehen. In Italien wurde das weniger sensibel "*Cazzagio*" genannt, im Lateinischen "*Jus primae noctis*". Das galt dort vor vielen Jahren als Tradition.

Nun ja, war das so, dass seine Mutter tatsächlich in ihrer Hochzeitsnacht mit einem anderen schlafen musste? Grundgütiger, ich hätte mich lieber vorher erschossen anstatt zu heiraten? Aber scheinbar gibt es ja Leute, die haben Nerven wie Drahtseile und würden sich, nur um zu heiraten, sogar mit dem Teufel persönlich vorher verpaaren.

Viel wusste ich nun nicht über seine Geschwister, wir waren einfach mit uns selbst viel zu beschäftigt, um uns über andere einen Kopf zu machen. Seine Mutter war in jungen Jahren eine fleißige Hausfrau und Mutter, hielt die Wohnung sauber und konnte natürlich wie alle Italienerinnen traumhaft kochen.

Die Mutter war auf jeden Fall schrecklich überfordert mit den schlimmen Buben, die nur Blödsinn im Kopf hatten. Auch überfordert mit der Hausarbeit, obwohl sie den ohne Waschmaschine einigermaßen gut bewältigte. Ja, richtig gehört! Sie hatte keine Waschmaschine. Das hatte ich meinen damaligen Verlobten Marco auch gefragt: „Warum hatte deine Mutter keine Waschmaschine?"

Die vorwurfsvolle Antwort: „Wieso, sie hatte doch sowieso den ganzen Tag Zeit und nichts zu tun!"

Aha, tolle Aussage. Aber ich schätze mal, die Familie war einfach zu arm, um sich eine Waschmaschine leisten zu können! Ich dachte noch: „Himmel, wie kann man überhaupt ohne Waschmaschine leben?" Nun ja, für meinen Verlobten aus Sizilien war das jedenfalls das Normalste von der ganzen Welt. Ich hatte keinen blassen Schimmer, auf was ich mich da eingelassen hatte. Ich hatte noch nicht mal irgendeine Ahnung von Sizilien. Nie gehört. OK, ich will nicht fies sein. Gehört schon mal, aber Wissen darüber? NULL!

Ja, ich hörte damals sehr aufmerksam zu. Als mein Verlobter mir dann noch erzählte, dass seine Mutter die Jungs oft nur in Unterhosen aus dem Haus ließ, um zu verhindern, dass sie wegliefen und irgendwo Blödsinn in der Nachbarschaft anstellten, musste ich erst mal schallend lachen. Ja, in dieser Eigenschaft, dem Blödsinnanstellen waren sie wahre Weltmeister, die C.......-Blagen aus Taormina. Wie geil ist das denn? Ich bitte hier um Verzeihung, wenn ich hier den Begriff „Blagen" anwende. Hier im Ruhrgebiet durchaus ein Slang für böse Buben, also für richtig schlimme Finger!

Herr C., also mein damaliger EX, auch Marco genannt, kam also aus einer kinderreichen, ärmlichen Familie aus Sizilien. Arm zu sein war ein Dogma für Marco. Er wollte um jeden Preis dieses armselige Leben hinter sich lassen, doch wäre er auch bereit, dafür besonders große Opfer zu bringen? Wie das so ist im Leben, gibt es Dinge, denen man im Eifer des Gefechts wenig Bedeutung zumisst.

Kommen wir also zum Heiratsmarkt. Wer möchte da nicht schon eine gute Partie erwischen? Allerdings hätte ich als einziges Kind meiner Eltern „nur" ein Zweifamilienhaus geerbt, war also höchstenfalls als gutbürgerlich einzustufen. Auf den ersten Blick war ich also damals auf dem sogenannten "Heiratsmarkt" keine schlechte Partie. Doch wie so oft im Leben lässt sich so manches deutlich optimieren.

Ich weiß noch, wenn ich so oft mit meinem damaligen Verlobten Marco zusammen saß und er von Sizilien erzählte, ja da lief es mir schon teilweise eiskalt den Rücken hinunter. Eines Tages erzählte er mir, wie er als Kleinkind mit anderen Kindern Geld aus dem Opferstöcken der Kirchen geklaut hatte. Wenn ich dagegen halte, dass der gute Herr dann später „Carabiniere" bei der "**Arma dei Carabinieri**", der Gendarmerie Italiens, wurde, dann kann ich nur mit dem Kopf schütteln. Die Herrschaften unterstehen dem Verteidigungsministerium, also schon ein dickes Ding. Es soll ja bekanntlich Leute geben, die vom Scheinheiligen zum heiligen Franziskus persönlich mutieren.

# Kapitel 3
# Die hundsgemeine Hotel-Prinzessin

Die Frau, die mir meinen Mann nahm, war keine Schönheitskönigin. Erst nach Jahren konnte ich schauen, wie sie aussah, sah das Ungeheuer, das mein Leben und das meines Kindes brutal zerstört hatte. Sah in die Fratze des Teufels. Und da war sie nun. Greifbar bei Facebook. Ich schaute sie mir genauer an. Nur, weil sie jetzt von Haus aus mit ihrem Bruder und der älteren Schwester ein Hotel geerbt hatte, muss sie sich ja nicht wie die Göttin der Welt aufspielen! Tja, da hat der gute Marco, der schon immer finanziell scharf und eiskalt kalkulierte, das Hotel genommen und die Frau, die daran hing. Ich muss dazu sagen, die Tatsache, dass diese Unperson noch dazu als voll haftende Gesellschafterin auftritt, fand meine reiche Anteilnahme und tiefste Genugtuung! Gar nicht auszudenken, was passieren würde, sollte das Hotel einmal Pleite gehen! Dann wäre es wohl vorbei mit dem unbeschwerten Leben, vorbei mit der Glückswolke, dem geklauten Glück einer anderen. Solche Personen fristen dann meisten einen bitteren Lebensabend... hoch verschuldet versteht sich. Da kann ich ja nur noch beten, dass es Gottesgerechtigkeit gibt! Lieber Gott, gib diesem Miststück, was ihr zusteht.

Heute steht sie da. Etwas kleiner als ich. Sie ist so alt wie er. Dicke, sehr dunkle, ja fast schwarze Ringe haben sich rundum ihre Augen gebildet, die sich mit dicken Gräben von Krähenfüßen ein Stelldichein geben. Dieses Problem haben sehr viele Südländer nicht erst im Alter, obwohl sie sich dann noch extrem ausbilden. Ihr Bruder hat genau das gleiche Problem. Tiefe schwarze Augenränder, nicht nur das es ästhetisch völlig abschreckend aussieht, es ist auch merkwürdig, da solche Personen ein „böses" Aussehen mit dieser Ausstattung bekommen. Das ist generell ein Problem bei Leuten mit dunkler Hauttönung. Nach allerlei Googelei denke ich, dass diese schwarzen Schatten um die Augen ein teilweise erblicher Schönheitsfehler sind. Das sieht irgendwie ganz unnatürlich aus. Als wäre jemand todkrank oder so ähnlich. Auf jeden Fall sehr hässlich, diese schwarzen Ringe.

Auf ihrer Facebook-Seite hat sie auch ein Kinderfoto aus ihrer Schulzeit veröffentlicht, wahrscheinlich ihre Einschulung. Lauter kleine Kinder, sie steht natürlich in der ersten Reihe. Alle tragen weiße Kleidchen, alle dieselben. Etwa 47 Kinder sind auf dem Foto abgebildet, die kleineren stehen vorne. Zu den weißen Kleidern tragen alle eine riesige, dunkle Schleife um den Hals. Dazu gibt es schöne, rustikale, schwarze Schuhe, die meisten sogar in Boots oder Ankleboots. Das ist mir jetzt auch neu, dass Italien früher quasi so eine Art Schuluniform hatte. Madame erkennt man sofort an ihrem markanten Kinn. Sie hat ein spitzes Kinn, dass mich an einen Ziegenbart erinnert. Ihr Kinn ist ungewöhnlich und unverhältnismäßig lang, dass heißt, der knöcherne Teil davon. Jetzt im Alter mit viel zu Fett besetzt, wirkt die ästhetische Deformation doppelt grotesk, ein klassisches Doppelkinn mit reichlich Fett.

Wir kommen aber zurück zu dem Schulbild. Ich denke mal nicht, dass es ein bloßer Zufall ist, dass sie hier in der ersten Reihe steht. Mutti Francesca wird bestimmt daneben gestanden haben und ihre Tochter vielleicht doch mit einem kleinen Schubs ins rechte Licht „geschubst" (Ironie off) haben, um die Prinzessin so gut in Szene zu setzen. Oh Schock. Schon als Schulkind war sie super fett, hatte richtig derbe dicke „Stempel" wie man hierzulande so sprichwörtlich sagt. Gemeint sind die Beine, die waren an den Oberschenkeln etwa so dick wie an den Waden und Knöcheln unten. Ein Schönheitsfehler, ich nenne es "Elefantenbeine". Sicher erblich bedingt, aber ich denke mir, also Frau solche hässlichen Beine zu haben.... Besonders im Alter verstärken sich solche Probleme noch immens. Ich habe mich mit einem Arzt darüber unterhalten. Der meinte, wenn im Alter notgedrungen und zwangsweise unaufhaltbar noch eine Venenschwäche dazu kommt, würde das Problem noch extremer, was er bei seinen Patienten als schwere Wasseransammlungen in den Beinen sah. Oh je. Das ist nicht schön. Gar nicht schön. Aber was soll's, dafür hat sie ja das Hotel. Das ist für manche Männer mehr Wert als schöne Beine.

Ich habe mir gedacht, ich beschreibe sie mal genauer. Interessant ist immer, welchen Ausdruck das Gesicht eines Menschen dir zeigt. In dem Gesicht spiegelt sich der gesamte Charakter eines Menschen wieder – wenn Du in Gesichtern lesen kannst. Und ich kann in Gesichtern lesen wie ein Buch!

Also. Wir sprachen von schwarzen, dicken Augenringen. Dazu hat sie regelrechte Fettablagerungen im Gesicht, sprich in den fetten, aufgeblasenen Backen (ja, sie sehen tatsächlich aus wie aufgeblasen, wie bei diesen Luftballons) und im schrecklich fetten Doppelkinn. Das Doppelkinn ist so dermaßen verfettet und dazu vom Knorpel her in doppelter Überlänge vorhanden, dass es sich schon horizontal mit einer dicken Falte teilt, weil sich Fett gegen Fett verdrängt. Die Fettbacken im Gesicht von Marta Tiziana Milanossi sind schon sehr extrem, dass Gesicht wirkt deshalb breit und klobig ausgewachsen. Sorry diese präzise Beschreibung, aber ich muss ja feststellen, was an dieser Schlampe so dran war; was Männer zur schieren Begeisterung treibt!

Man könnte fast meinen, die Backen sind so rund wie der Arsch eines Mastschweines, sorry wenn ich das jetzt so sage, aber das ist meine persönliche, visuelle Empfindung und ich kann nur objektiv im Rahmen meines eigenen Geschmacks urteilen. Ich kann mir meine persönliche Meinung über jede einzelne Sache bilden und meine persönlichen Eindrücke kann ich auch nur aus meiner Sicht wieder geben. Meine Meinung darf ich frei äußern. Mein journalistischer Spielraum beschränkt sich nicht auf die korrekte Rechtschreibung und angenehme Wortwahl, vielmehr steht hier im Vordergrund, eine völlig authentische Lebenssituation zu beleuchten, die auch teilweise mit deftiger Glosse gespickt ist. Eben künstlerische Freiheit, so wie Böhmermann sich köstlich über Erdogan ausgelassen hat – mit seinem Idiotengedicht. Nur bei mir trifft es die Tatsachen – in Vollendung. Wäre doch voll bescheuert, wenn ich mir etwas aus den Fingern saugen würde. Dafür bin ich nicht der Typ. Ich bin immer direkt und ehrlich und so soll es auch künftig bleiben. So, wie das Fettnäpfchen, in dass du vor ca. 33 Jahren getreten hast, du ……. Denke dir an dieser Stelle ein nettes Schimpfwort aus. Es hat vier Buchstaben, der erste ist ein „H" und der letzte ein „E".

Ich muss dazu sagen, ich habe keinen darum gebeten, in mein Leben zu treten, nicht diese Frau Marta Tiziana T., diese Hotelerbin des Hotels "*New York*" in Santa Maria degli Angeli bei Assisi, eine sogenannte öffentliche Person. Ich habe ihr keine Einladung geschickt, ich gab ihr auch keine Erlaubnis, sich in mein Leben zu drängen. Also, Madame. Wer sich ungebeten in meine Privatangelegenheit einmischt, der muss schon damit rechnen, irgendwann die Rechnung dafür präsentiert zu bekommen. Deine Prinzessinnen-Traumwelt hört nämlich genau an meiner Haustür auf und da du diese Grenze überschritten hast, werde ich auch deine Grenze überschreiten. Selbst in der Bibel steht: *„Auge um Auge, Zahn um Zahn"*. Ich denke doch, dass Gott das mit Bedacht gewählt hat. Mehr noch, das ist unbedingt kein Geheimnis, man muss ihr einfach nur mal ins Gesicht schauen, wer sich das halt antun möchte, bitte.

Das breite, klobige Gesicht dieser Frau, meiner Widersacherin, erinnert irgendwie an eine primitive Bauersfrau, die es damals in der Gegend zu Hülle und Fülle gab. Beim Lachen macht sie nie den Mund auf, muss wohl Probleme mit schlechten Zähnen haben. Wie? Oder auch nicht. Man weiß ja nicht. Könnte mir auch gut vorstellen, dass er gegen sie auch handgreiflich wurde. Ich meine, er wurde extrem jähzornig, wenn jemand seine Autorität zu untergraben versuchte. Und eines war klar: er wollte der uneingeschränkte Herrscher Zuhause sein, der Macher, der Bestimmer, der Herr im Haus, der Kontrolleur, der Lehrer, der Gott. Da ging schnell die Hand hoch, drohend, während sich gleichzeitig sein ganzer Gesichtsausdruck vor Wut so verzerrte, dass es mich fast an die Grimasse eines wildgewordenen, zähnefletschenden Primaten erinnerte und er war in der Beziehung wie ein Ferrari, von NULL auf hundert in 3 Sekunden, wenn er wütend wurde!

Wenn ich mir so vorstelle, dass der als Carabiniere später die Grundausbildung gemacht hat (und von da an eine Dienstwaffe trug), als er noch in der Via XY wohnte - übrigens auch mit der Hotelschlampe zusammen, ja, zu dem Zeitpunkt war ich damals schwanger bis hochschwanger. Ich trug sein Baby unter dem Herzen, während er mit einer anderen Hotel-Prinzessin herumfickte. Er ist praktisch völlig nahtlos zu der Frau aus dem Hotelimperium hinüber gewechselt... Schwangere Frau in Deutschland zurückgelassen, gleich ne neue Hotelerbin gefickt.

Menschen können skrupellose Bestien sein. Über Leichen gehen. So unkompliziert geht das in Italien. Dabei kam er ja eigentlich aus Sizilien. Sein Vater war ein armer Orangenpflücker. Wahrscheinlich litt er sein Leben lang unter diesem Makel. Vater Orangenpflücker, Mutter wurde noch in ihrer ersten Hochzeitsnacht vom Landlord gefickt, wie das dort eben üblich war. Das nennt sich das „Herrenrecht der ersten Nacht der Hochzeit" oder auch anders gesagt, das „Feudalrecht der ersten Nacht". Angeblich durften manche eine Art Lösegeld zahlen und damit die Tragödie des Fremdfickens in der Hochzeitsnacht verhindern. Scheinbar war jedoch der Preis so dermaßen hoch, dass kaum einer von den armen Tagelöhnern, die in den Orangenplantagen schufteten, sich diese Auslöse leisten konnten. So musste also die Braut in der Hochzeitsnacht die Zähne zusammen beißen. Auf diese Art und Weise entstanden im Laufe der Zeit in den sizilianischen Familien viele „Kuckuckskinder", welches Schicksal ausnahmslos die Erstgeborenen traf. Ich weiß noch, wie Marco immer seinen Bruder schrecklich ärgerte und jedes Mal Prügel bezog, weil er ihm gegenüber erwähnte, er wisse ja, wer sein Vater wäre aber bei ihm hätte man das nie so genau sagen können… - eben wegen dieser ersten Hochzeitsnacht mit dem Landlord oder Feudalherren. Zustände wie im alten Rom hätte ich fast gesagt.

Weitaus später ist mir bei einiger Grübelei der Gedanke gekommen, ob diese alte „Sitte" eventuell auch sein Denken und Handeln in Bezug auf eigenen Nachwuchs geprägt haben könnte. Das Problem ist noch nicht so ganz vom Tisch. Da erscheint mir noch reger Handlungs- und Aufklärungsbedarf. Anders kann ich mir einfach nicht erklären, warum er gegen seinen eigenen Sohn dermaßen rücksichtslos und mit Desinteresse glänzte. War er einfach nur charakterlich ein übler Mensch, war er selbst Opfer einer letzten maroden „Sitte", was hatte das alles mit ihm angestellt?

Bin völlig froh, dass ich sowas nicht als Ehemann gekriegt habe. Nee, lass mal. Voll Asi sowas.

Zurück zur gemeinen Hexe mit den schwarzen Ringen unter und über den Augen. Na ja, auch nicht mein Bier. Ich wollte sie einfach nur mal mit mir vergleichen. Sie hat das Gesicht einer Hexe, wie sie schon vor tausenden von Jahren ausgesehen haben mögen. Harte Gesichtszüge, insgesamt ein verhärmtes Aussehen, kann mir ganz blendend vorstellen, wie der Herr dieser verkorksten Schönheit diese Rose von Anmut auf Händen getragen hat * Ironie off. Nun kommen wir zur Figur der Hotel-Prinzessin, die mir den Mann stahl und meinem Kind den Vater. Die Figur komplett im Arsch. Ich möchte nicht wissen, wie die erst einmal im Rock aussieht, mit ihren Elefantenstampfern! Eine Taille hat sie nicht. Da sind wieder die unendlichen Fettrollen auf den Rippen überall rauf und runter verteilt, sehr massiv. Sie trägt meistens lange Oberteile, kurze kann sie nicht tragen, wegen der Speckrollen am gesamten Oberkörper. Sie hat auch eine Bauchwampe, die richtig arg hervorquillt. Das schulterlange Haar ohne Glanz und Sprungkraft scheint spröde und kaputt, farblich ausgelaugt zu sein. Sie hat auch eine Halswampe und schreckliche Krähenfüße um die Augen herum, sorry die Wiederholung, aber muss es mir immer wieder auf der Zunge zergehen lassen. Was für eine hässliche Bratze er gegen mich eingetauscht hat. Die ganze Stirn ist von tiefen Furchen durchzogen, Falten ohne Ende, während die Haut fast wie dicke, zähe Lederhaut wirkt.

Wenn ich das jetzt so beschrieben habe, wie meine Widersacherin aussieht, dann frage ich mich so, für wie viele von euch wäre diese Frau denn die Traumfrau? Welchen Tausch muss ein Idiot machen, um sich sowas an Land zu ziehen? Hallo? Fett von oben bis unten. Einerseits kleidet sie sich dann wie ein Zirkusclown, andererseits völlig altmodisch. Nun ja, Geschmack ist bekanntlich nicht jedem in die Wiege gelegt. Das ist mir schon klar. Nun ja, ich sage mal, wer sowas Zuhause hat, der braucht nicht mehr zu verhüten.

Da hat er sich ein hässliches Bückstück zugelegt, meine Güte. Das kommt davon, wenn man vor lauter Geldgier erst mal die $$$ der Hotel-Prinzessin sieht, später bleibt noch, außer ein paar Fettrollen, nicht viel von dieser Frau übrig. Als wohl die Kinderproduktion irgendwann bei denen anlief, mein Sohn war übrigens zu dem Zeitpunkt genau 10 Jahre alt, als diese …… (noch mal Rätsel… - Wort mit 4 Buchstaben, das erste ein „H" und das letzte ein „E") bekam sie ein Mädchen. Übrigens die Kinder halte ich hier mal bewusst und namentlich heraus. Die können ja nichts dafür. Jedenfalls war ihr erste Kind ein Mädchen, das zweite auch. Auch ein Mädchen. Irgendwie klappte es nicht, den heißersehnten Sohn zu bekommen. Es gibt noch Gottes Strafe! Ha. Dann haben sie noch ein drittes Kind angesetzt, in der Hoffnung, es möge endlich ein Junge sein. Auch wieder vergebens. Drei Mädchen bekamen die beiden. Während mein Sohn dann 10 Jahre alt war und schriftlichen Kontakt zu seinem Vater hatte, schrieb er ihm auch, er könne doch mal runter kommen, zum Urlaub oder so. Er dürfte auch „solange bleiben", wie er wollte. Netter Versuch, allerdings hatte mein Sohn keine Lust, mit dieser gemeinen Frau, die ihm den Vater nahm, auch noch unter einem Dach zu leben. Manchmal frage ich mich, wie eiskalt und abgebrüht manche Menschen sein können. Unglaublich sowas.

Sie war übrigens so frech und hat mir noch während meiner Schwangerschaft gedroht. Hat mir einen Brief geschrieben. Und das liebe Teresa, das kann ich Dir heute auch gerne zurück geben! Sie würde ihn lieben und er auch nur sie. Ach, hatten wir das nicht schon in Romeo und Julia? Diese Schnulzengeschichte wolltest DU, ja ausgerechnet DU, mir verkaufen? Ja hallo Mädel, da hast DU aber die Rechnung ohne den Wirt gemacht! Ach, was für eine dumme, einfältige, selbstsüchtige Frau? Nur weil sie als Hotelprinzesschen alles bekam, was sie wollte, nahm sie sich auch mal eben den Mann einer anderen. Einer hochschwangeren Frau. Tja. Wie heißt es so schön „das Leben ist eine einzige Tragödie". Wahrscheinlich hatte sie insgeheim die Hoffnung, ich würde irgendwie von der Aufregung mein Kind verlieren, diese dreckige Bastardin! Eine dreckige, inhumane Frau, die nicht davor zurückschreckte, eine hochschwangere Frau zu bedrohen! Heute kann ich DIR GARANTIEREN; DU STÜCK SCHEISSE, freß' Scheiße! Du hast mein Leben und das meines Kindes zerstört, zertrampelt. Du bist der Abschaum dieser Welt.

Und dieses miese Stück führt den Hotelbetrieb des besagten Hotels mit nur 80.000 ???? was? Euro? Zimtschnecken oder Lire? Selbst der Handelsregisterauszug zeigt, das besagte Marta Tiziana T. sowie ihr Bruder Gabriele „Unlimited Partner" sind, d.h. für alles gerade stehen, finanziell selbstverständlich. Sie haften mit ihrem Privatvermögen. Lächerliche 80.000 € für so einen Geschäftsbetrieb? Das ist doch keine Summe. Noch mit im Handelsregisterauszug steht die alte Mutter der Milanossi drin. Die haftet allerdings nur beschränkt. Nicht so wie bei der Hotel-Prinzessin und deren Bruder, die haften voll.

Es gibt ja Dinge, die ich früher nicht gewusst hatte. Ich war lange Zeit wahnsinnig naiv. Hätte ich das alles vor Jahren schon gewusst, hätte ich doch meinem Sohn NIEMALS erlaubt, dort hinzufahren, um seinen Vater zu besuchen! Damals als er zehn Jahre alt und mit seiner Schulklasse in Italien war. Gott, was hätte da alles passieren können! Er hätte den Jungen kidnappen können! Zum Glück war seine „Hotel-Prinzessin" mittlerweile selber hochschwanger, dieses Miststück. Jetzt sind wir eben hinterher schlauer; ich würde nicht wollen, dass mein Sohn seinen Vater in der Hauskonstellation besucht, drei Parteien von der Drecksbagage? Und dazwischen mein Sohn? NEVER. Jetzt weiß ich auch, warum all' die Briefe meines Sohnes nie dort bei seinem Vater ankamen! Auch kein Wunder, wenn drei Bagagen von denen da unter einem Dach wohnen! Da kann schon jeder mal einen Brief verschwinden lassen, wenn er wollte, könnte oder möchte. Wie hundserbärmlich doch Menschen sein können. Wenn ich mir heute vorstelle, was für ein Bollwerk sich da gegen mich aufgebaut hatte, da kann ich im Nachhinein noch gut feststellen, warum ich nie eine Chance hatte gegen diese Schweine. Wahrscheinlich wäre die Drecksbrut auch noch im Stande gewesen und hätte mir das Kind weggenommen, so weit hatte dieses Drecksweib meinen Ex Marco schon aufgehetzt. Das muss man sich mal einfach durch den Kopf gehen lassen, wie schmutzig, korrupt und geldgeil diese Scheiß-Bagage ist. Damals hatte diese Frau meinen Ex-Marco angespitzt, er solle den Sohn holen, sie war gerade selber hochschwanger. Es war ihr dabei völlig scheißegal, ob sie ein kleines Kind von der Mutter wegriss, ihr ging es nur darum, die Unterhaltszahlungen zu vermeiden. Ha. Wenn ihr's nicht glaubt, ich wiederhole es gerne noch mal. Dieses alte Stück Scheiße hat damals meinen Ex aufgestachelt, er solle das Kind holen, von mir wegnehmen, damit er keinen Unterhalt zahlen musste! Jetzt lasst mal das alles auf euch wirken. Meine Frage: „würdet ihr solchen verdammten ……. auch noch Geld in den Rachen schmeißen und dieses Hotel buchen? Ich jedenfalls würde mir das schön verkneifen. Ich würde doch keine unmoralische Person, wie so eine noch das Geld in den Allerwertesten werfen? NEVER!

Gegen diese Bagage damals anzukommen – meine Chancen waren gleich NULL. Wenigstens habe ich das heute erkannt und ich muss mir selbst keine Vorwürfe mehr machen, ich hätte nicht alles versucht. Lügen haben kurze Beine, altes Sprichwort. Kommt sowieso irgendwann alles raus. So wie jetzt auch. Allerdings sind heute die Chancen gaaaanz anders gemischt, Kollega! Heute bin ich am längeren Hebel. In dieser Beziehung habe ich keine Kontrolle über meine Emotionen. Ich meine, es gibt nicht mal wenige Menschen auf diesem Planeten, die ihre Emotionen genauso wenig unter Kontrolle haben, wie ich. Das kann ich Dir so erklären: vergleiche mich mit einem wilden Tier, das mehrfach angeschossen wurde und irgendwie qualvoll überlebte. So in etwa, natürlich nur sinnbildlich betrachtet, das hat diese Bagage Milanossi mir angetan. Mir und meinen Kind. Die übelsten Qualen, die ein Mensch nur erleiden kann! Ich frage mich bis heute, wie es „Gäste" schaffen, so eine Bagage mit ihren Geldern indirekt zu finanzieren, indem sie das Hotel buchen. Es ist ja nicht so, dass dort nur wenige Hotels wären. Nein! Keine Stadt hat so viele Hotels, wie Assisi. Der helle Wahnsinn ist das. Und wirklich sehr schöne dabei, die im rustikalen Stil ganz super renoviert wurden, die auch kein Essen anbieten, das hierzulande noch nicht mal Hunden zum Fraß vorgesetzt wird.

Nun ja, der eine macht Geschäfte damit, billigen Fraß unter die Leute zu bringen und andere setzen lieber auf Qualität. Jeder kann sich aussuchen, was er mag. Nur konnte ich mir nicht aussuchen, ob ich wollte, dass jemand mein Leben ruinierte, wegen einer Frau, die von Haus aus finanziell „besser" bestückt war als ich.

Ratet mal.

# Kapitel 4

# Ausstattung des Hotels

Ich habe mich jahrelang gefragt, wer die Frau ist, was sie ausmacht und warum sie damals so viel Macht über Marco gewonnen hat. Man muss seine Feinde genauestens analysieren. Das tue ich heute auch, weil es mir an manchen Tagen wieder hoch kommt, dieser ganze Dreck. Ich glaube, ich muss mal eine Therapie mitmachen, sonst wird dieser Zwang ein Leben lang bleiben.

Das Hotel New York wurde 1976 gegründet. Es hat 40 Zimmer (oder doch 45 Zimmer ???), ist also nicht besonders groß, obwohl es dort in der Region auch viele kleinere Hotels gibt. Ganz bezeichnend auch das: Obwohl auf Fotos mit modernen Zimmer geworben wird, finden sich scheinbar viele Gäste in Zimmern wieder, die ganz und gar einem älteren Standard entsprechen.

Nachdem die alten Eltern, also die ehemaligen Inhaber des Hotels, sich mehr und mehr aus dem Geschäft zurückzogen, fiel die Aufgabe der Leitung des 40-Bettenhauses, das sich nach Meinung einer Leute zu Unrecht mit drei Sternen schmückt, dem Geschwisterpaar Marta Tiziana und Gabriele Milanossi, deren Mutter (die immer noch eingetragene Mit-Eigentümerin ist) und

Tizianas Schwester zu. In dem Reigen der Eigentümer, die dieses Hotel mit einer Einlage von nur 80.000 € führen, hat der Bruder, also Gabriele, einigermaßen die führende Rolle in der Leitung eingenommen, was man aus Gästeberichten so heraus hört. Übrigens, die Information über die Höhe der Einlage des Hotels kann jedermann über einen Handelsregisterauszug anfordern, sogar von Deutschland aus. Gabriele Milanossi ist ein Mann, der korpulent ist, dazu trägt er einen meistens einen Vollbart und eher für einen Mann langes, lockiges und sehr ungepflegt wirkendes Haar bis zu den Schultern. Für einen Hotelmanager ein Auftritt, der einem das Gruseln bringen kann, zumindest wenn man etwas Wert auf gepflegtes Aussehen und eine gewisse Ästhetik legt. Während die anderen Miterben und Geschwister wohl eher auf kleinem Fuß leben, habe ich schon Fotos von dem gnädigen Herrn gesehen, auf denen er sich ganz großspurig in Afrika auf Fotosafari zeigt.

Nun ja, die Hotel-Prinzessin Marta Tiziana Milanossi war es von früher Kindheit an mit größter Wahrscheinlichkeit gewohnt, doch fast jeden Wunsch von den Augen abgelesen zu bekommen *Ironie off. Schon als kleines Mädel war sie eine stämmige Person mit richtig dicken „Sauerkrautstampfern", wie man hier in unserer Region so sagt. Gemeint sind ihre Beine, die sie als Kind schon ungewöhnlich stabil hatte und zwar in der Form auch gewöhnungsbedürftig, die Oberschenkel fast so dick wie die Waden. Das hab ich auch noch nirgend gesehen. Wie wir ja alle wissen, sind körperliche Eigenschaften, die wir als Kinder mit in die Wiege gelegt bekamen, meistens noch so geartet, dass sie sich im Alter eher noch negativ verstärken. Man sieht aber auf aktuellen Fotos schon ihre Fettleibigkeit und die dicken „Stampferl". Übrigens war sie schon als Kleinkind im Grundschulalter ein moppeliges Kind mit verhältnismäßig dicken Beinen bzw. Oberschenkeln. Figürliche Problemzonen, ein unschönes Erbe aus den Genen zweier Elternteile, meist jedenfalls.

Wenn auch nicht alles, so gab es selten etwas, was nicht für sie zu beschaffen war. So sind nun mal Eltern und wenn sie gut bei Kasse sind eben umso mehr. Und um diese Frau rankt sich eine unglaubliche Geschichte. Die Geschichte einer eiskalten Person, die einer Schwangeren den Mann und dem Kind den Vater nahm. Da ich die Betroffenen nun persönlich kenne und mich ausführlich mit ihnen unterhalten habe, darf ich an dieser Stelle auch das Geheimnis lüften: es die pure Wahrheit!

In Assisi selbst hat das Geschäft mit der Heiligkeit das ganze Jahr über Hochkonjunktur. Die Italiener sind bekanntlich erzkatholisch und nehmen es mit ihren ganzen heiligen Sakramenten besonders genau. Fast jedes Haus hat seinen eigenen kleinen Altar, ob er nun direkt im Haus, im Hof oder sonst wo daheim aufgestellt wird - mit duftenden Blumen versteht sich das in Italien als "Must have". Das besonders Menschen in diesem überreligiösen Umfeld genau ins Gegenteil umschlagen und charakterlich billigen, irdischen Gelüsten frönen und dabei scheinbar auch buchstäblich einiges in Kauf nehmen (den Begriff

„über Leichen gehen" möchte ich hier ausdrücklich nicht anwenden), ist ein anderes Phänomen.

Doch bleiben wir zunächst einmal beim Hotel New York, das im Ortsteil Santa Maria degli Angeli liegt, was ein Vorort von Assisi ist. Wie schon erwähnt, verbindet das Hotel mit der Teil-Inhaberin Marta Tiziana Milanossi. Der Einfachheit halber nenne ich sie nur noch „Hotel-Prinzessin", damit jeder gleich weiß, wer gemeint ist. Und genau diese scheint es faustdick hinter den Ohren zu haben! Nicht, das sie die Gäste weniger freundlich an der Rezeption des Hotels empfangen hätte... Sie war stets bemüht, eine professionelle Arbeit zu leisten, so wurden die Gäste mit einem Lächeln empfangen und verabschiedet und ahnten nicht im Geringsten, dass hinter der Fassade des Lächelns dieser Frau eine intrigante und eiskalte Egoistin stand, die auch Kindern ohne mit der Wimpern zu zucken den Vater nimmt. Eine schwere Anschuldigung. Doch nach Vorlage von alten Dokumenten und Gerichtsakten ließen sich keine anderen Rückschlüsse ziehen!

Ja, dieses Hotel, das vor allen Dingen auch von Gruppenreisen partizipiert, hat eine dunkle Aura. Von einfachen Pensionen angefangen mit Bed & Breakfast oder diversen luxuriösen Hotels – die Auswahl ist schon groß dort. Allerdings sollte man nicht den Standard erwarten, den man normalerweise von Spanien gewohnt ist. Ein Drei-Sterne-Hotel in Assisi ist gemessen am spanischen Standard nicht mehr als ein lächerlicher Stern, es sei denn, dass Haus wäre gerade neu erbaut oder komplett rundum renoviert.

Schon oft habe ich mir die Frage gestellt, würde ich selbst einer persona non grata mein Geld in den Rachen schmeißen, damit sie sich damit ein tolles Leben machen kann oder würde ich mich evtl. für ein anderes Hotel entscheiden? Ich wäre da eher für die letztere Variante, da ich Ethik und Moral als eine menschliche Verpflichtung hoch halte. Ja, betrachte sie quasi als eine Art Kollektivschuld mit gegenseitiger Verpflichtungserklärung!

Denn da müssen wir uns an dieser Stelle über eines gleich klar werden: Karma strikes back! Ich glaube, diesen Spruch kennt ja wohl jeder. Das heißt so viel wie: "Alles, was Du tust, kommt auf Dich zurück." Ganz klare Formel, schließlich halte ich mich auch daran, das hat auch etwas mit Ehre zu tun! Rechnungen begleiche ich für gewöhnlich und wer mit mir noch eine offen hat, der kann sich warm anziehen. Die Wenigsten würden sich alles gefallen lassen.

Nicht zuletzt haben wir in Assisi eine ganzjährig Pilgerzeit, in der ganz Italien seiner Heiligkeit huldigt, ja ganze Betriebe und Vereine müssen einfach nach Assisi. Das sind sie zumindest der Mama, dem Papst und den etlichen Madonnen-Statuen schuldig, die immer wieder mit besonders menschlichen Eigenschaften daher kommen, wie zum Beispiel einer in Neapel, die sich nach Aussage von Gläubigen bewegt haben soll. Es braucht ja wohl keiner weiteren Erklärung, dass die italienische Mama in der Heiligkeitsstufe mit der Madonna persönlich auf gleicher Stufe steht. Nicht dass das schon genug wäre, auch eine Madonna soll da schon menschliche Züge angenommen haben. Nicht immer, aber manchmal, so wissen es Gläubige zu berichten. Oder lag es vielleicht an dem Glas Wein Zuviel, dass sie sich zum Essen genehmigten? So viel zur Heiligkeit der Italiener. Zur Scheinheiligkeit kommen wir dann später noch.

Auf der Homepage des Hotels New York stöbere ich in alten Fotos und werde fündig. Da wird zum Beispiel eine Reisegruppe mit deutlich älteren Teilnehmern/innen gerade an einem langen Tisch verköstigt. Ich selbst kenne die italienische Küche sehr gut und weiß, welche Köstlichkeiten sie im Allgemeinen bietet. Sie ist ja nicht umsonst weltweit bekannt und beliebt. Doch was sehe ich da auf den Tellern? Zwei lieblos auf den Teller geklatschte Mini-Minutensteaks vom Grill, so dünn, dass man fast kein Messer braucht, dazu eine kleine, unscheinbare Mini-Wurst. Ein kahler Teller mit mehr oder weniger lieblos darauf geklatschten drei Teilen, sehr übersichtlich jedenfalls. Die Gesichter der Gäste sind meiner Meinung nach sehr negativ zu beurteilen: ich sehe schockierte Gesichter, Fassungslosigkeit, betroffenes auf den Teller starren. Dann kommt eine Servierin mit einer riesigen Plastikschüssel unter dem Arm. Die Arme kann einem Leidtun. Wie kann sie dieses Riesending bloß halten und auch noch dabei um den Tisch herum gehen? Warum nehmen sie denn nicht gleich einen Schweinetrog? Wäre doch praktischer. Besagte Riesenschüssel ist auf jeden Fall voll mit Nudelsalat. Hallo? Nudelsalat? Also wieder so ein billiges Zeugs. Jedenfalls geht die Serviererin samt Schüssel vorbei mit einem Riesenlöffel und gibt jedem eine Portion Nudelsalat auf den Teller. Fast wie im Knast, hahahaha. Selten so ein Scheißniveau eines Hotels gesehen, entschuldige mich aber auch dafür, dass ich jahrelang in Spanien in Urlaub war, wo der höchste Standard in Europa herrscht und ich nur Luxushotels gewohnt bin. Aha, selber bedienen ist wohl nicht erwünscht, davon muss man wohl ausgehen, denn dabei hätte jeder ja auch mehrmals zulangen können. Geiz ist eben geil. Der alte Spruch kommt hier öfter mal zum Zuge, meine Meinung. Sie hätten auch genauso gut mehrere Schüsseln auf dem Tisch platzieren können. Scheinbar muss das Hotel derart rasant sparen, dass sogar der popelige, billige Nudelsalat portioniert werden muss. Es gibt ja nichts über eine leckere Pasta, aber Nudelsalat, na ja. Am Besten noch eine Billigwurst rein und ab dafür. Also hätte ich ein Hotel, wäre mir das zumindest oberpeinlich! Außerdem erinnert diese Essensverteilung an die Proviantverteilung im Knast (sagte ich zwar schon, kann mich nicht drüber einkriegen *gröhl), nicht das ich jetzt schon in einem verweilt hätte, aber man kennt das ja aus einschlägigen Hollywood-Filmen.

Nachdem ich dann erst einmal sämtliche Reiseportale hinsichtlich Bewertungen des Hotels durchlas, kamen einige Mängel zutage. Was die Gäste dort monierten, fand ich absolut real klingend. Ein Gast zum Beispiel war nicht besonders begeistert vom Frühstück. Angeblich gab es zu seiner Reisesaison nur Süßes wie Marmelade. Und ich denke mir meinen Teil dabei. Auch das kostenlose W-Lan auf dem Zimmer soll nicht immer funktionieren. Wieder mal die Billigschiene, die sich hier wie ein roter Faden durch zieht. Anstatt ein leckeres Frühstücksbüfett mit einigen regionalen Leckereien aufzubauen wie Wurst, Käse, Müsli, Eier oder ein englisches Frühstück (warum nicht deutsches?) anzubieten – Fehlanzeige. Doch nicht im Hotel New York, jedenfalls nicht bis zum heutigen Zeitpunkt. Also man stelle sich einmal vor, ich müsste jeden Morgen zum Frühstück Marmelade essen, da wäre für mich der Urlaub nach zwei Tagen schon vorbei. Nein, danke. Muss ich nicht haben. Auch die Kalorien und der viele Zucker darin, tolles Hüftgold und ich habe gleich locker acht Kilo zugenommen, wenn ich aus dem Urlaub dort komme? Nein. Nicht mit mir. Kein Wunder wenn man von so einem Scheißfraß Sauerkrautstampfer kriegt. Wer kann sich sowas heutzutage schon leisten? Jeder achtet auf seine Gesundheit und so ein ungesundes Frühstück, herrje, da stehen einem die Haare zu Berge.

Ein Gast monierte auch den teuren, schlechten Wein. Scheinbar hat er nicht seinen Geschmack getroffen. Eine Karaffe mit ¼ Liter soll vier Euro gekostet haben.

Besonders reklamiert wurde allerdings die Klimaanlage, die entweder im dauer-defekten Zustand ist oder einfach und plump nicht eingeschaltet wird. Da kann man sich eines von beiden aussuchen. Sicher kein schöner Zug, wenn Hotels sich aus Kostenersparnis sich nicht leisten können, die Klimaanlage anzustellen. Und dass es in der

Gegend im Sommer verdammt heiß wird, dass kann ich garantieren. Überhaupt kann ich davon ein Liedchen singen, brüllende Hitze und keine Klimaanlage! Gleiches ist mir schon einmal in Saudi Arabien passiert, eine schrecklich unangenehme Sache. Damals war der Hotelbesitzer auch halb Pleite, da half auch viel Zureden nichts, die Kosten waren einfach nicht aufzubringen und die Stromrechnung war schon seit Monaten im Rückstand. Scheinbar schlucken diese Klimaanlagen ein pures Vermögen an Strom. Andererseits, wenn man seinen Gästen eine Dauersauna als Zimmer präsentiert, auch nicht gerade die feine Art! Da kann man als Hotelmanager aber verdammt Pech haben, wenn solche Leute dann gleich nach dem Urlaub zum Anwalt laufen und sich ihr Geld wieder zurück holen. Das hat doch dann mehr oder weniger mit Urlaub auch rein gar nichts mehr zu tun. Deshalb mein guter Rat: achten Sie darauf, einen seriösen Hotelbetreiber zu finden! Vergleichen Sie Standards und Hotelbewertungen, es lohnt sich. Da lohnt sich auch eine mehr oder minder zentrale Lage wenig, wenn man kein Auge zu kriegt und das Essen an irgendwelche Suppen- oder sonstige Armenküchen locker anknüpfen kann.

Ein weiterer Gast reklamierte in seiner Bewertung den unsäglich lauten Kühlschrank auf dem Zimmer. Also das habe ich ja noch nie gehört. Lauter Kühlschrank. Bestimmt altes Modell, weil die neuen sind doch eigentlich völlig leise. Mein Kühlschrank zum Beispiel macht überhaupt keinen Mucks. Man hört den gar nicht. Tja, ich denke mal, sehr alte Geräte dieser Art können schon recht laut werden, aber so laut, dass man kaum noch ein Auge zumachen kann, das ist ja wohl völlig daneben. Fehlt hier das Geld, um neue Geräte anzuschaffen? Man darf ja wohl mal etwas neugierig fragen und mal drüber nachdenken, nicht wahr?

Mir persönlich drängt sich da doch die Frage auf: „Sind eigentlich die Eigentümer, Gabriele und Marta Tiziana Milanossi nicht in der Lage, das Hotel in einen mangelfreien Zustand zu versetzen oder fehlt ihnen einfach nur das nötige Kleingeld?

Doch im Jahre 1983 (Geburtsjahr meines Sohnes) sah das ganz anders aus. Das Hotel wurde 1976 eröffnet. Es war gerade einmal acht Jahre alt und machte sicherlich einen super Eindruck auf Außenstehende. 1983, da war unsere Hotel-Prinzessin Marta Tiziana Milanossi also eine Person des Inhaber-Duos, oder auch anders gesagt, eine gute Partie auf dem Heiratsmarkt als Hotelerbin und soweit reicht auch der Verstand eines sizilianischen Sohnes namens Marco Cazzonelli, dessen Vater sich in einer Orangenplantage abplagen musste, um die vielen hungrigen Mäuler Zuhause zu stopfen. Ja, der Tagelöhner musste hart schuften, während seine nichtsnutzigen Söhne ihm dabei die Orangenplantage abfackelten mit Streichhölzern. Eine sizilianische Familie aus ärmlichen Verhältnissen, dazu ungebildete Elternteile, also zumindest meine ich damit, dass sie nicht studiert haben.

Fangen wir mit der Hotelausstattung des Hotels New York in der Via New York 77A an. Das Hotel liegt angeblich 6,7 Kilometer vom Flughafen entfernt. Das Hotel wird frequentiert gebucht, das heißt ist im Schnitt gut belegt. Dazu muss man wissen, das für die sehr gläubigen Italiener quasi eine Reise nach Assisi mindestens einmal pro Jahr schon fast ein „Muss" ist und selbst ganze Firmenbelegschaften zur „heiligen Stadt" pilgern, was der Touristikbranche dort eine sehr gute und lebhafte ganzjährige Einnahmequelle beschert.

Interessant ist die Tatsache, dass hier im Hotel New York auch **Haustiere erlaubt** sind, was sich dann auf dem einen Portal mit 10,- € pro Tag berechnet, auf dem anderen Portal wird dafür eine „Pauschale" von 15,- € berechnet, also völlig gegensätzliche Angaben. Für Gäste natürlich sehr schlecht, wenn hier falsche Preisangaben gemacht werden. Das liegt nicht im Sinne des Erfinders und ist etwa eine schäbige Form, Leute abzukassieren? Lustigerweise würde allerdings der Aufpreis für Haustiere schon ganz saftig berechnet.

<u>Was man sonst noch wissen sollte!</u>

Aufgrund nationaler Bestimmungen sind Bargeldtransaktionen in diesem Haus nur bis zu einer Höhe von 2.999,99 € erlaubt. Ich krieg echt einen Schreikrampf. Sowas gebe ich grade mal für Louboutin-Schuhe aus. In so einer Klitsche würde ich ja generell niemals absteigen!

Eine Rundum-Info habe ich zusammengestellt:
Die letzte Gesamt-Renovierung soll angeblich 1995 gewesen sein, wenn ich mir allerdings die Ausstattung des Foyers betrachte, fällt mir dazu rein nichts mehr ein. Letzte Teil-Renovierung war dann wohl 2015, da wurde auf 3 Etagen die 45 Zimmer, davon 9 Einzelzimmer und 3 Dreibettzimmer geeignet wären wohl 8. Als Vierbettzimmer wären 12 Zimmer geeignet, also mehr in Richtung Jugendherberge oder Hostel, was für mich billigste Absteigen darstellen. Immerhin gibt es 28 Zimmer mit einem Doppelbett, grandios. Keine Suite, hätte mich auch verdammt gewundert! Erspare mir daher weitere Beschreibungen, einfach nicht mein Niveau so eine Absteige.

Oh wie nobel. Angeblich gibt es hier einen Concierge-Service. Allerdings hatte ich da schon mal in einer Hotelbewertung gelesen, dass Gäste ihre Koffer selber auf die Zimmer schleppen mussten. Also, da erhebt sich die Frage, was denn nun?

Wozu braucht man eigentlich eine Klimaanlage, die zentralgesteuert ist? Das ist natürlich für den Gast nicht so schön, gerade in der heißen Zeit. Stellt z. B. der Hotelier die Klimaanlage aus, orgelt der Gast erst mal stundenlang am Thermostat herum, bis er evtl. nach ein paar Stunden feststellt, die Klimaanlage ist gar nicht an. Sehr ärgerlich. Ich kann ein Lied davon singen, das habe ich schon mehr als einmal am eigenen Leibe erfahren, was es heißt, sich in brütender Hitze einen Wolf zu schwitzen! Überhaupt, das ist nicht so einfach, wie es vielleicht aussieht! Wenn Du erst mal feststellst, es gibt keine Klimaanlage, die zumindest an ist, rennt man womöglich auch erst mal noch zu 50 anderen Hotelgästen, um die zu befragen. Die meisten wissen dann selber nicht Bescheid. Ja prima. Nicht umsonst drücken sich viele Hoteliers davor, erst mal diese stromschluckende Klimaanlage anzustellen, weil ihr Betrieb wahnsinnige Kosten verursacht. Das geht einfach ins Geld. Doch wer sich das nicht gefallen lassen will, hat gute Chancen, die Sache als Reklamation zu bewerten und entsprechend zu handeln.

Erhebt sich die Frage, wie definiert man hier „**Komfortzimmer**" und „**Businesszimmer**"? Das verwirrt mich jetzt etwas. **41 Komfortzimmer?** In der Regel hat jedes Hotel überwiegend Standard Einzel- und Doppelzimmer und nur wenige Komfortzimmer, hier wird aber das Verhältnis mal wieder genau umgekehrt, was mir mehr als extrem kurios vorkommt. Von 45 Zimmern gleich 41 Komfortzimmer? Regulär versteht man im Allgemeinen unter „Komfortzimmer" im Schnitt Zimmer, die besonders groß und geräumig sind, ein tolles Ambiente und ein riesiges Bett haben, etwa ein Queen-Size-Bett oder dergleichen. Ob man das hier an 41 Zimmern anwenden kann? Da bin ich eher skeptisch. Das kann ich mir nur schlecht vorstellen. Ich versuche das weiter in Erfahrung zu bringen, weil ich es - ok, wenn es nicht stimmt - mit diesen „41 Komfortzimmern" schlichtweg eine Frechheit halten würde. Man muss sich als Verbraucher heutzutage schon sehr vorsehen. Das Geld ist schnell weg, andere locken einen mit wilden Versprechungen und am Ende bleibt womöglich unter dem Strich nur ein Haufen Ärger übrig. So sollte wirklich niemand die besten Wochen des Jahres verbringen. Deshalb werde ich jetzt Nachforschungen betreiben. Ich muss es noch mal wiederholen: Das Hotel New York in Assisi (Santa Maria degli Angeli) will tatsächlich 41 Komfortzimmer haben? Gut, das werden wir überprüfen! Ich werde zuerst die Hotelbewertungen durchforsten, vielleicht finde ich da ja Anhaltspunkte. Spontan fällt mir da ins Auge, das es bei Hotels.com nur mit 40 Zimmern geführt wird. Nanu? Nachgeschaut bei booking.com hat es plötzlich auch nur 40 Gästezimmer, genauso bei Expedia.it. Jetzt wird es doch etwas merkwürdig. Bei beiden Portalen ist plötzlich von „Komfortzimmern" keine Rede mehr. Ich finde also die erste Bewertung bei booking.com, in der ein Gast das Ambiente mit „ a Little bit old fashioned" angibt, was so viel heißt wie „ein bisschen altmodischer Stil". Das lässt sich jetzt momentan mit den angeblichen 45 Komfortzimmern überhaupt nicht vereinbaren. OK, dann schauen wir mal weiter. Finde dabei eine Bewertung eines Engländers bei Hotels.com, der sein Zimmer als „etwas spartanisch" eingerichtet bewertet. Auch das spricht für mich jedenfalls momentan gegen „45 Komfortzimmer". Ich schaue mir gerade „Gästefotos" bei Tripadvisior an. Oh, da wird ein Teller mit einer „exquisiten" Mahlzeit offeriert. Wahrscheinlich das kulinarische Ereignis im besagten Hotel. Ich zähle mal das Essen auf dem Teller. Da hätten wir drei kleine gegrillte Minutensteaks, wahrscheinlich vom Schwein, 11 selbstgemachte Pommes frites, davon 5 große und der Rest eher mickrige Pommes.

Dabei liegt eine kleine Wurst, die aussieht, als hätte sie eine Plastik-Pelle. Alles in Allem ein sehr überschaubarer Teller, der nach meinem Anspruch relativ lieblos präsentiert wird, also keine Deko oder dergleichen. Ich muss noch einmal betonen, eine derartige Qualität fällt bei mir komplett durch, das bekomme ich ja an jeder drittklassigen Pommes Bude schon besser präsentiert, mit etwas Deko und so.

Da mich das jetzt richtig neugierig gemacht hat, suche ich erst mal weiter nach Gästefotos, mal sehen, was man da noch heraus findet. Bei der Suche fällt mir besonders eine Bewertung einer „Melli" ins Auge. Was die angibt, lässt mir doch glatt den Atem stocken. Nach ihrer Bewertung hätte das Hotel „shower so small and didn't even have place to put soap or shampoo," was so viel heißt wie „Dusche so klein, hatte noch nicht mal Platz für Seife oder Shampoo". Wow. Doch nicht die „45 Komfortzimmer"? Oh man, das wäre jetzt nichts für mich, sorry. Das wäre dann ultra übel, sowas wünscht sich doch wahrscheinlich kein Mensch, oder? Bei booking.com finde ich dann noch die Bewertung eines Italieners, der folgendes angibt: „Zimmer sehr kleine und spartanisch eingerichtet. Der Stil benötigt ein „Re-styling", genauso wie das Frühstück." Heißt also, etwas altmodisch und benötigt dringend eine Renovierung. Und das Frühstück hat ihm da gar nicht zugesagt. Egal. Das Rätsel mit den angeblichen 45 Komfortzimmern lässt sich wohl so nicht mehr lösen. Es sei denn, ich müsste selbst hinfahren und das tu ich mir nicht an, in so einem Schuppen zu übernachten. Ist eben nicht mein Stil, sorry.

Die Anreise erfolgt hier laut booking.com von 14.00 bis 00.00 Uhr, die Abreise hat allerdings spätestens von 07.00 bis 10.00 Uhr zu erfolgen. Also das ist ja mal eine Ansage. Bei den Zeiten kann man wenigstens den Anreise- und Abreisetag doppelt berechnen. Im Prinzip eine Frechheit!

Etwas geschockt bin ich dann doch über die Bewertung einer Daniela aus Rom, die dort Schreckliches erlebt haben muss. Ich gehe davon aus, sie reiste mit einer Schulklasse an. Ich versuche, mit dieser Daniela Kontakt aufzunehmen, um genau herauszufinden, was sich für schreckliche Dinge ereignet haben. Ein paar Dinge aus ihrer Bewertungen darf ich euch schon mal „kredenzen". Sie schrieb unter anderem, sie wäre schon ziemlich weit gereist, aber so viel „Unkenntnis, Grobheit und Stumpfheit" wäre ihr noch nirgends begegnet. Weiter meinte sie, sie wäre die Begleiterin von 10 Kindern gewesen und setzt dazu in Klammern „wenn Sie nicht mit Kindern arbeiten können, akzeptieren Sie keine Kinder"(damit meinte sie das besagte Hotel). Ihrer Meinung nach hätte der Hotel-Eigentümer persönlich ein 10-jähriges Kind bezichtigt, ein „net" (Netzwerk?) beschädigt zu haben, das offensichtlich vorher schon Schrott war (Meinung der Begleitperson). Sie sagt, dass zumindestens ein Kellner sich dahingehend geäußert hätte, es nicht abwarten zu können, dass die Truppe mit den Kindern endlich abreisen würde. Noch mehr Probleme gab es scheinbar mit dem Essen für die

Kindertruppe. Wie ich ihrer Bewertung entnehme, sagt sie da: „Chefkoch hatte auch eine Liste mit Intoleranzen und wusste scheinbar nicht, wie viele Teller hinausgehen müssen ..., und welcher auch bestätigte, die Milch verwendet zu haben, die für das Frühstück bestimmt ist, um eine Sauce zu machen!" Wenn das stimmt, ist das natürlich eine totale Schweinerei, die Milch des Frühstücks dann mittags noch mal zu verwenden. Auch wenn Kinder Lebensmittelintoleranzen haben, ist es eine abgrundtiefe Schweinerei ihnen einfach die gefährlichen Lebensmittel vorzusetzen. Ich finde das einfach völlig verantwortungslos. Naja, was soll man dazu noch sagen. Unterste Schublade! Einfach unhygienisch, so mit Lebensmitteln umzugehen, man kann doch nicht einfach die ungekühlte Milch, die auf dem Frühstücksbüffet stand, wieder verwenden und wenn ich an die Temperaturen da denke... oh man. Ein User „delfidro" bei tripadvisor beurteilte sein Erfahrung seines geschäftlichen Aufenthaltes im August 2015 mit dem Titel „Müll" so: „Im Hinblick auf den Preis, der zu zahlen ist, waren die Zimmer unter dem Standard. Alte Zimmer und Bäder, und die Jahre, die sie alle hinter sich haben. Aber das Schlimmste ist das Frühstück, mit Brioche halb abgestanden und zum Scheitern verurteilt: der Malzkaffee. Ich war geschäftlich dort und der Tag begann schlecht." Einer der Hotelbesitzer meldete sich daraufhin und gab an, dieser Herr wäre ja wahrscheinlich nicht dort abgestiegen oder hätte wohl das Hotel möglichweise mit einem anderen verwechselt. Man habe schließlich im Frühjahr alle Bäder renoviert, ein Aufzug wäre auch in

Planung... Da mich das doch alles recht neugierig gemacht hat, forsche ich also weiter. Mir fällt auch die Bewertung eines Users „FuX75" auf, der angibt, drei Sterne wären nun nicht richtig für das Hotel, er findet zwei Sterne hätte es mehr verdient. Er war mit einer Gruppe von 70 Leuten dort und zwar im Juni 2014. Natürlich gibt es auch gute Bewertungen, mich interessieren aber jetzt zunächst einmal die schlechten, um hier Dinge genau herauszukristallisieren.

Nebenbei fiel mir auf, wird das Hotel mit der Gesamtbewertung auf diversen Portalen unterschiedlich bewertet, mal mit vier, mal mit fünf Sternen, was schon eine absolute Frechheit ist.

Zurück zum Thema behindertengerecht. Es hat also **vier behindertengerechte Zimmer**. Ich frage mich allerdings, welchen Sinn und Nutzen hat der ganze Aufwand, wenn am Eingang eine gigantischen Treppenbarriere als Hindernis da steht und nicht alle Zimmer mit Aufzug zu erreichen sind? Da sind immer noch drei kolossale Stufen zu bewältigen, um überhaupt ins Innere, also zur Hotellobby, zu gelangen. „**Für Körperbehinderte und Rollstuhlfahrer leicht zugänglich**" wird dort angegeben. **Ach, wirklich?** Nimmt man es hier mit den Angaben nicht so genau oder ist die Bedeutung „behindertengerecht" dort mit einem anderen Maßstab bemessen? Diese Fragen sind schon berechtigt und liegen ja auch offensichtlich so auf der Hand, dass sie kaum zu leugnen sind. Ich sehe jedenfalls an den Treppen im Eingang KEINE Rollstuhlrampe. Wenn ich

Behindertenzimmer anlege, warum lasse ich dann den Eingangsbereich total außen vor und belasse es bei Stufen, die kaum mit einem Rollstuhl zu überwinden sind? Völlig sinnfrei und noch viel mehr, ein konfuses Bild von einer gedachten Idee, etwas vorzuweisen, was gar nicht funktionieren kann, weil keine Rollstuhlrampe am Eingang vorhanden ist. Wenn ich sowas natürlich bemerke, dann werde ich ganz hellhörig, weil es einfach für mich persönlich nicht nachvollziehbar ist, dass jemand großprotzig Sachen anpreist, die irgendwo nur eine Farce sind. Ich bin sowas eben nicht gewöhnt und was mich ganz besonders übel auf die Palme bringt, ist wenn jemand etwas anbietet, was in dem Sinne nicht existiert. Da fühle ich mich schon übelst – ja man könnte fast sagen, geprellt. Ich mag es eben nicht, wenn jemand nicht so ganz ehrlich ist. Ich hasse Verlogenheit wie die Pest.

Immerhin stellen wir fest, dass alle **45 Zimmer Nichtraucher**-Zimmer sind! Da ist also nichts mit der genüsslichen Zigarette, die man sich mal so eben und in Ruhe nach dem Shopping Trip oder auf dem Balkon rauchen möchte. Ob da wohl ein Raucherraum existiert? Keine Ahnung, ich konnte jedenfalls nichts dergleichen finden. Tja. Gaaaaanz schlecht für Raucher!

Überhaupt hat das mit 45 Betten bestückte Hotel sagenhafte 4 Babybetten anzubieten! Ist ja jetzt auch nicht so viel im Verhältnis zu den Zimmern! Bei 45 Betten sind doch die 4 Babybetten relativ schnell belegt, oder? Sollte man doch meinen, denn gerade die Italiener, die sehr kinderlieb sind, haben immer eine ganze Menge Bambini im Gepäck und wo schlafen dann die restlichen Babys? Vielleicht in der Schublade, oder wo? Überhaupt: so ein dämliches Babybett kostet doch jetzt auch nicht die Welt, warum zum Teufel hat ein Hotel der Größe dann nur vier davon? Ist entweder der Eigentümer zu geizig, mehrere anzuschaffen oder fehlt schlicht und ergreifend einfach finanzielle Masse hierfür? Fragen über Fragen. Bestenfalls schleppt man also hier das eigene Kinderreisebett mit, wenn man nicht am Ende ohne da stehen möchte.

**Problem W-lan für Internetsüchtige der Supergau!**

Das andere Thema ist das W-Lan. In einigen Hotelbewertungen konnte ich Beschwerden finden, dass das W-Lan auf dem Zimmer des Hotels New York selbst nicht funktionierte. Wie auch immer. Ich bin natürlich kein Techniker, kann jetzt auch nicht sagen, ob die Anlage ordnungsgemäß installiert wurde oder warum es, zumindest teilweise keinen Empfang auf dem Zimmer gab.

Nach Auskunft von Fachleuten liegt in der Regel der Fehler bei manchen Hotels oftmals bei den fremdbewirtschafteten Zugängen, die angeblich mangelhaft programmiert bzw. installiert oder weil die Netze völlig überlastet sind. Teilweise hat man die auch Erfahrung gemacht, dass, wenn weniger Gäste im Hotel sind, funktioniert es dann doch oder die Geschwindigkeit hat sich im 28k-Bereich eingefressen.

**Nun, wie funktioniert das Einwählen ins W-Lan für gewöhnlich eigentlich in Hotels?**

Ein nettes „Problemchen", das man sich bei etlichen Reisen rund um den Globus einfangen kann. Praktisch öfter ein Thema, deswegen wollte ich diesen Punkt auch ausführlich besprechen und den generellen Einwahlprozess in Hotels, also die beiden Möglichkeiten, für Euch hier erklären.

1. Es gibt immer noch einige Hotels, die ihr WLAN von einem Provider fremd bewirtschaften lassen. Beim Einwählen klickt das WLAN des Hotels an und versucht, eine Verbindung herzustellen. Dann öffnet man üblicherweise den Browser und wird auf die Startseite des Providers geleitet, wo man in der Regel zwei Codes (zum Beispiel Name und Zimmernummer) eingeben muss, um dann Zugang zum Internet zu bekommen. Die Sinnhaftigkeit dieser Prozedur hat sich allerdings für einige User und ich muss gestehen, dazu gehöre auch ich, bis heute noch nicht so ganz erschlossen. Das geht auch fast immer in die Hose. Nix Internet und schlechte Stimmung gratis, weil es einfach wahnsinnig ärgerlich macht.

2. In anderen Prozeduren öffnet sich auf dem Bildschirm vielleicht unten ein Popup-Fenster mit der herrlichen Aussicht auf "zusätzliche Anmeldeprozeduren, die angeblich nötig werden, mit Hinweis „Bitte hier klicken". Umständlicher

geht es wohl kaum. * Kopfschüttel * Letztendlich ist man so mit viel Glück jetzt auf der Startseite des Providers gelangt (oder auch nicht). Oh Wunder! Immer wieder. Nach dem ersten Glücksrausch kommt allerdings die jähe Enttäuschung. Pustekuchen! Es tut sich immer noch nichts – weder eine Weiterleitung noch das manuelle Eintippen der URL des Providers bringt auch nur annähernd irgendein Ergebnis zustande und die Startseite ist dann natürlich nicht zu erreichen. Ja, wie sollte es auch anders sein. Das ganze einfacher und relativ unkompliziert zu gestalten, das könnte ja auch jeder, oder? Wer dann relativ verbissen und konsequent an die Fehlerquelle heran will und etwaige, langwierige Gespräche mit diversen Hotlines solcher Provider führen möchte, der steht dann am Ende oft ohne Ergebnis da. Die Hotelrezeption weiß ohnehin nie Bescheid, wenn sowas mal passiert.

Im Vorfeld wird es für Sie meine Leser interessant sein, über welches Hotel wir hier schreiben. Deshalb auch meine persönliche, ausführliche Erklärung, denn über den Zustand des Hotels zum gegenwärtigen Zeitpunkt sollten SIE sich selbst ein Urteil bilden. Dazu brauchen Sie nur einschlägige Portale aufschlagen, sich Prospekte besorgen oder einfach mal dort Urlaub machen und sich ihre eigene Meinung bilden, was ja locker jeder bewerkstelligen kann. Das wäre mal eine Superaktion! Wenn ihr dann zurück seid, erzählt ihr uns bitte auf unserer facebook-Seite, wie es euch da ergangen ist. Link findet ihr hinten im Anhang.

# Kapitel 5
# Das erste Mal und die liebe Eifersucht

Das erste mal Sex mit Marco zu haben, war so unspektakulär, wie eine Orange zu schälen. Ich kann mich heute nicht einmal mehr daran erinnern, wann es war. Auf jeden Fall bei mir Zuhause. Es muss aber so im Dezember gewesen sein, als ich anfing, ihn Zuhause vorzustellen. So ziemlich von dem Tag an schlief er auch regelmäßig bei mir. Unsere Beziehung hatte sich dadurch schon rapide verändert. Alles lief irgendwie von selbst, ich war in einer Phase, in der ich keine großen Pläne machte, ließ alles auf mich zukommen, ohne mir großartige Gedanken zu machen. Warum? Weshalb? Wieso? Der Alltagstrott holte uns ein und wir waren damit beschäftigt, uns aneinander zu gewöhnen.

Nun musste ich Marco jeden Tag von der Arbeit abholen. Er arbeitete in einer sehr guten Pizzeria und hatte natürlich erst Dienstschluss, wenn der Laden zu machte, in der Regel so gegen ein Uhr in der Frühe. Ich hatte jeden Tag so etwa fünf Kilometer zu fahren bis nach Düsseldorf, hin und zurück. Am Anfang musste ich mich daran gewöhnen, so lange aufzubleiben, machte es aber auch gleichzeitig gerne, weil ich mich jedes Mal freute, ihn zu sehen, ihn abzuholen. Während ich zu dem Zeitpunkt arbeitslos war und

Tagesfreizeit hatte, war ich damit beschäftigt, im Haushalt meiner Eltern mitzuhelfen. An manchen Tagen hatte ich auch mal gar keine Lust ihn so spät abzuholen, weil ich todmüde war und nur noch schlafen wollte. Meistens schlief ich und stellte mir den Wecker auf 12.30 Uhr, um ihn abzuholen. Ich rief ihn in der Pizzeria an und erklärte ihm, ich würde einfach mal ausschlafen und würde ihn heute mal nicht abholen. Daraufhin brach auch schon ein Heidentheater los und er machte mir eine Szene, ich hätte wohl vor, fremd zu gehen, was? Nein, hatte ich nicht. Nur einfach ausschlafen, das wollte ich! Marco ließ aber nicht locker, machte so ein Wahnsinns-Theater, dass die Wände wackelten. Schließlich blieb ich hart und dachte mir so, heute habe ich mal das letzte Wort, sagte dann „Nein" und sagte: „Tschüss, mach's gut, bis morgen." Schon freute ich mich auf einen ausgiebigen und langen Schlaf, doch die Rechnung hatte ich ohne den Wirt gemacht! Etwa 15 Minuten später rief mich meine Mutter von unten an. Mit einem ziemlich vorwurfsvollen Tonfall fragte sie, warum ich denn um Himmels Willen Marco nicht abholen wollte. Ich war erst mal völlig perplex, dass sich meine eigene Mutter gegen mich stellte! Das muss man sich doch mal auf der Zunge zergehen lassen! Toll, die hatte er so dermaßen aufgeputscht, dass sie mich anschließend unter Druck setzte, ich solle doch den Marco abholen, der hätte unten schon angerufen und wäre ganz verzweifelt. Merkt ihr was? Wenn der Herr etwas ganz Bestimmtes wollte, dann ging er auch gerne mal mit dem Kopf geradewegs ohne Umwege durch die Wand. Ich fühlte mich in dem Falle richtig als Übeltäter abgestempelt, fühlte mich schlecht und bekam Schuldgefühle. Zweifel plagten mich in Windeseile und die Aussicht auf den wohlverdienten Schlaf war mir vollends entfleucht. Da auch meine Mutter eine absolute Willenspartisanin ist und in etwa mit der gleichen Hartnäckigkeit ihren Dickschädel durchsetzen konnte, machte sie mir ein tolles Angebot. Sie wollte fahren und Marco abholen, ich könnte ja mitfahren und im Wagen etwas schlafen. Na, super! Da mir mittlerweile schon gar nichts anderes mehr übrig blieb, willigte ich zerknirscht ein und das war's dann erst mal. Adieu, schöner Schlaf.

Oh, oh. Ich hegte schon irgendwelche Befürchtungen, wie wohl dieser Tag ausklingen würde. Als es dann endlich so weit war, kurz nach Mitternacht, da machten meine Mutter und ich uns auf den Weg Marco abzuholen. Die Strecke konnte man fast im Schlaf fahren. Freie Landstraße, weit und breit kein Auto unterwegs. Wenigstens eine angenehme Fahrt. Irgendwann kam das Ortseingangsschild von Düsseldorf und wir bogen ab auf den Ring. Auch hier war sehr wenig Verkehr. Schon waren wir am Pizzastadel angelangt. Die letzten hungrigen Kunden standen an dem kleinen Außenschalter und holten sich ihre leckere Pizza ab. Die Lichter gingen aus und schon bald darauf kam mein Marco zum Wagen. Er stieg ein und meine Mutter setzte den schweren grünen Audi in Gang, fort in die Nacht. Die dunkle Nacht. So fuhren wir dahin, wieder diese melancholische Landstraße entlang, ich, meine Mutter und mein Sizilianer! Ich hatte so ein ungutes

Gefühl bei der Sache. Es war schon sehr komisch, dass Marco ziemlich still war, dachte mir aber, das läge daran, weil meine Mutter mit im Wagen war. Irgendwann bog der Wagen an der Kreuzung ab. Wir hatten unseren Heimatort erreicht, nun waren es nur noch ein paar Meter. Nur noch zweimal links und die Sackgasse, in der wir wohnten, hatte uns wieder. Wir legten die Sicherheitsgurte ab, Mutter drehte den Zündschlüssel um und der Motor verstummte. Ich muss sagen, meine Mutter war an diesem Tag, ähm, Tschuldigung, ich meinte wohl in dieser Nacht, flink wie eine Elfe, so dass sie als erste aus dem Wagen stürmte und die Haustür aufschloss. Meine Güte dachte ich, die hat es aber auch eilig. Ich stieg auch aus, nach mir Marco. Während ich noch die Wagentür für Marco aufhielt und er aus dem Wagen stieg, flog mir schon ein Blick eines Massenmörders zu (Ironie off). Und der war offensichtlich stinken-stocksauer! Fast so sauer, wie ein Stier in einer spanischen **Plaza de Toros** (Stierkampfarena). Zunächst fühlte ich mich unschuldig. Gleich darauf ging es auch schon los! Mein Stier ließ Dampf ab und pflaumte mich übelst von der der Seite an.

„Wolltest wohl heute Nacht in die Disco, was?"

„Waaas?" Spinnst Du?"

„Lüg mich nicht an!"

„Warum sollte ich dich anlügen?"

Danach gingen wir dann hoch, zu unserem Zimmer. Während wir uns auszogen und ich so insgeheim dachte,

„na das kann noch heiter werden," schielte ich nur zu ihm rüber. Sein Blick war relativ vielsagend. Sauer sah er aus. Wir schliefen immer nackt. Ich wollte mich nur noch ins Bett legen, schlafen und schon fing das Thema schon wieder von vorne an. Das konnte doch wohl nicht wahr sein! Sollte das etwa jetzt noch stundenlang so weiter gehen? Ich beschloss einfach still zu sein und stellte mich schlafend. Auch da hatte ich die Rechnung ohne den Wirt gemacht. Wieder einmal! Es gab nun scheinbar in seiner Welt eine besondere Art und Weise, wie man Frauen beibrachte, wer der Herr im Hause war. Kaum waren fünf Minuten die Lichter aus und der Gute fing an, mich zu begrapschen. Oh, ich dachte: „Das war jetzt aber ein verdammt schneller Sprung!" Ich meine hallo, gerade noch der Volltyrann und super stocksauer und dann gleich zur Sache Schätzchen? Ich ließ ihn erst mal machen, stellte mich aber kalt. Dann kam ja noch die absolute Krönung! Er fragte mich, ob ich Fremdgehen würde. Ich dachte wirklich, ich falle aus allen Wolken! Gott, jetzt ging das Theater wieder los! Ich verneinte natürlich vehement und sagte zu ihm, er solle nicht so einen Quatsch erzählen. Schließ konnte ich mir in dem Moment ein gutes Bild darüber machen, wie mein Marco tickte. Er war krankhaft eifersüchtig.

Ich nahm das erst mal als Warnung, um ihn auch nicht zu provozieren. Von dem Theater war ich wirklich sowas von abgeturnt, dass ich nun wirklich auf alles Mögliche Lust hatte, aber garantiert keinen Sex. Jesus. Was hatte ich mir da bloß angelacht? Meinen Italiener interessierte das aber kaum die Bohne, dass ich gar keinen Lust auf Sex hatte. Im Gegenteil, er fand das wohl irgendwie geil. Da ich ja nun offensichtlich bemerkte, dass er Sex wollte sagte ich kurz und knapp „Nein". Ich dachte, damit wäre die Angelegenheit auch endlich vom Tisch und ich hätte mal endlich schlafen können. Pustekuchen. Er forderte Sex, nein er verlangte Sex. Während er bettelte und bettelte, bekam ich dann einen Klapps auf den Po mit der erneuten Aufforderung „komm jetzt". So langsam hatte ich das Gefühl, tatsächlich im falschen Film zu sein! Jesus, dieser Mann war soooo hartnäckig! Er wurde dann immer ruppiger und meinte noch einmal nachdrücklich „komm jetzt mach". Ja, was sollte ich denn machen? Ich stellte mich ein bisschen blöde und spröde. Daraufhin wurde er aber richtig wütend. Während er zwischen meine Beine rutschte und ich stocksteif wie ein Brett liegen blieb, mit gerade ausgestreckten Beinen, fummelte er an meinen Beinen herum, als wollte er eine Schaufensterpuppe verbiegen. Mit dem ganzen Hin- und Herbiegen wurde er dann immer fuchsiger. Langsam ging mir auch alles so auf den Nerv, dass ich einfach nachgab. Ich spreizte meine Beine und er rutschte hinein. Mir war bei der ganzen Sache äußerst unwohl, wollte einfach nur, dass „es" schnell vorbei war. Ihn schien das aber ungemein anzumachen, ja er war geradewegs in Ekstase! Während er schwer atmete und ich einfach nur zur Seite schaute, war er dann auch noch mehr als sonst besonders brutal am stoßen mit seinem Zauberstab. Sein Stöhnen wurde immer lauter. Er sah mich dabei an und hatte offensichtlich richtigen Spass an dieser Art von Sex. Ja, ich stellte fest, er liebte es, Frauen richtig hart ranzunehmen, besonders wenn er so in dieser Situation war. Das konnte man relativ deutlich erkennen. Endlich war er dann fertig und ich garantiert auch, aber auf eine ganz andere Weise.

Wir schliefen immer Rücken an Rücken, so drehten wir uns auch in dieser Nacht und zum Glück konnte ich den Rest noch mit Schlafen verbringen. Am nächsten Tag hatte mein Marco frei. Das passierte einmal in der Woche. Meine Eltern waren einkaufen gefahren, das dauerte den ganzen Vormittag. Ich bereite das Frühstück zu und wir aßen gemütlich in der Küche, der Ärger vom Vortag war inzwischen verraucht und wir schauten uns wieder verliebt an. Ich schmierte ihm ein Brötchen mit Marmelade. Trotz des Ärgers der vergangen Nacht waren wir wieder das alte verliebte Paar. Wir konnten uns nie lange streiten, dazu waren wir schon längst zu eng verbunden. Einer brauchte den anderen. Ohne ihn konnte ich gar nichts mehr. Ich brauchte ihn wie die Luft zum atmen, obwohl ich mich bemühte, mir das nicht so sehr anmerken zu lassen. Ich wollte ja schließlich, dass er sich weiter um mich bemühte und nicht in Gleichgültigkeit verfiel. Das war wohl auch darauf zurückzuführen, dass wir wirklich einerseits wie siamesische Zwillinge waren und andererseits auch unglaublich vieles gemeinsam hatten. Mal ehrlich – er war mein erster Macho und scheinbar hatte ich sowas einfach nur gebraucht. Wir waren wie Feuer und Wasser, einer von uns beiden verbrannte sich regelmäßig die Finger!

Trotzdem liebten wir uns abgöttisch und konnten ohne großes Trara einfach dem anderen verzeihen, was uns kurioserweise mit jedem Tag noch weiter zusammenschweißte. Nach dem Frühstück räumte ich den Tisch ab und stellte das Geschirr in den Geschirrspüler. Mein Marco ging mittlerweile, also nach dem Frühstücken, direkt ins riesige Wohnzimmer. Als ich fertig war mit meiner Küchenarbeit, ging ich zu ihm. Wir setzen uns zusammen auf die Couch und sahen uns verliebt an. Meine Eltern waren inzwischen zum Einkaufen gefahren. Plötzlich sagte er zu mir:

„Komm, lass uns in den Keller gehen".

„Was! Was sollen wir denn im Keller"!

„Ja, lass uns doch einfach mal hinunter gehen?"

Da ich bei der ganzen Angelegenheit nicht weiter nachdachte, mich einfach nur wunderte, dachte ich mir so, der will sich bestimmt den Partykeller mal ansehen. Ich war ja sowas von naiv. Dabei hatte der was ganz anderes im Sinn, der wollte wieder Stöpseln! Gott, ich hatte buchstäblich die Naivität mit dem Löffel gegessen! Wir gingen also die Kellertreppe hinunter, er nahm mich bei der Hand, so als wollte er mich in ein geheimes Märchenland entführen. Verheißungsvoll, aufregend. Also ging ich mit ihm weiter, bis wir am Partykeller ankamen. Er schaute in sein Gesicht und hatte das Gefühl, dass er einen Gesichtsausdruck hatte, als stünde jemand vor einem Tresor und wusste nicht, wie er den knacken sollte. Wir gingen hinein und setzten uns auf die Bank. Wir schauten uns an und küssten uns. Plötzlich stand er auf und stellte sich direkt vor mir hin. Ich hatte übrigens wie immer einen kurzen Minirock an. Und jetzt kam der absolute Hammer! Er sagte mir mit einem kühlen Kommandierton: „Zieh dich aus und mach die Beine breit!" Ich dachte erst, ich hätte mich irgendwie verhört. Doch er wiederholte den Satz tatsächlich noch einmal, diesmal aber noch fordernder. Mir war das in der Situation irgendwie etwas peinlich, irgendwie na ja, hatte ich ein Schamgefühl, das mich blockierte. Ich meine, was? Ich sollte mich ausziehen und vor ihm meine Beine breit machen, während er so als Pascha völlig angezogen vor mir stand. Kommt gar nicht infrage. Ich sagte dann „NEIN". Zu meiner großen Überraschung akzeptierte er aber mein "Nein" und wir turtelten etwas unten im Keller herum. Nie wäre mir im Traum eingefallen, dass er schon wieder völlig geil war, weil er ja erst letzte Nacht, na ja, wir wissen ja, gell. Der Lurch wurde schon letzte Nacht versenkt, wollte er den Dickmacher etwa schon wieder zum Einsatz bringen?

Nachdem wir den ganzen Vormittag im Keller herumturtelten, gingen wir wieder nach oben. Meine Eltern kamen dann auch kurz darauf vom Einkaufen zurück und mein Pascha, sagte: „Komm zieh dich an, wir fahren nach Claudia und Luigi". Natürlich tat ich, was er mir sagte, machte mich schnell zurecht, Makeup und alles, was dazu gehört selbstverständlich. Ich ging nicht aus dem Haus, ohne dass ich wie aus dem Ei gepellt aussah. Wir fuhren dann nach Düsseldorf und verbrachten dann ein paar schöne Stunden bei Luigi und Claudia. Wir saßen auf der Couch, mein Macho neben mir und er konnte sich dann mit seinem besten Freund Luigi auf Italienisch unterhalten. Überhaupt mochte ich es, wenn mein Schatz glücklich war, dann war ich es auch. Ich konnte aber auch anders! Manchmal, so von Zeit zu Zeit, zeigte ich ihm extra meine kalte Schulter, dass spornte ihn an und er wurde dabei immer völlig wahnsinnig. Ich hatte eine völlige Schwäche für diese kleinen, heimlichen Spielchen. Wir waren auch ein paar Stunden bei unseren Freunden, aßen mittags bei ihnen Gulasch. Claudia hatte gekocht und da hatte sie echt was weg. Wenn sie eines konnte, dann kochen; speziell tolle italienische Sachen und fließend italienisch sprechen. Insgeheim beneidete ich sie darum, also dass sie fließend die italienische Sprache sprechen konnte. Aber ich lernte eisern und mein Italienisch wurde auch von Tag zu Tag etwas besser. Wir beschlossen dann, am Abend raus zu gehen, irgendwohin, wo was los war, discomäßig halt.

Was Sex betraf, so kann ich mich fast an keinen Tag erinnern, an dem wir keinen Sex hatten, das war ziemlich ungewöhnlich. Wir hatten jede Nacht Sex. Wir genossen es, uns ineinander zu verstöpseln und mit der Zeit probierten wir alle möglichen Sachen aus, was mehr seine Initiative war. Ich machte allerdings begeistert mit und liebte seinen Liebesdolch heiß und innig, was sich als „gute Ausstattung" erwies, die man nicht in jedem Küchenstudio so mal eben erwerben kann (Ironie off). So ein stattlicher Joystick musste gehegt und gepflegt werden. Und der fühlte sich nun mal ganz und gar in mir am Wohlsten. Er genoss es jedes Mal, wenn er in mir war, als würde man ein herrliches Schokobonbon lutschen, dass überraschenderweise einen flüssigen, sauleckeren Kern hatte. Als wir es das erste mal im Doggystyle getrieben haben, hätte ich fast das Gefühl oder viel mehr die Befürchtung, er würde vor lauter Lust wahnsinnig werden. Wir küssten uns dabei wie Ertrinkende, die wochenlang als Schiffbrüchige auf hoher See trieben und nun das rettende Kuss-Ufer erreicht hatten. Dabei musste ich mir fast den Hals ausrenken. Ob es mein Hintern war, der ihn so in den Wahnsinn trieb, während ich mich in Position stellte und er hinter mir lauerte? Ich kann mich auch daran erinnern, dass wir an einem Abend zusammen schliefen und während ich so da lag, er über mir in der Missionarsstellung, rief er auf einmal mit einem Ton der Verzückung, so in etwas als hätte ein kleines Kind ein wertvolles Spielzeug unter dem Weihnachtsbaum gefunden: „Oh, schau mal deine Schamlippen gehen immer so mit, wenn ich meinen Schaumschläger raus ziehe. Und er dann so: „Komm kuck mal, das sieht ulkig aus". Ich setzte mich also hin, liege da mit völlig gespreizten Beinen und muss mich erst mal so weit nach vorne beugen, um dieses prachtvolle Schauspiel des „Meisters" zu betrachten. Er zog demonstrativ seinen Zauberstab ein Stückchen raus und ich beobachtete, wie die Schamlippen sich an diese Riesensalami schmiegten. Ich beglückwünschte ihn und war auch überrascht über dieses Schauspiel. Er führte mir diese erstaunliche Situation gleich mehrmals vor und war jedes Mal aufs Neue von heller Begeisterung angetan. Ein anderes mal hatte er wieder eine neue Stellung zum Ausprobieren parat, diesmal verschränkten wir unsere Körper in einer völlig verrenkten Art. Beine und Arme waren so ineinander verknotet, dabei die Körper völlig verrenkt, dass wir massive Probleme bekamen, ohne uns ein paar Wirbel auszurenken, wieder auseinander zu stöpseln.

Unser Körper gehörten zweifellos zusammen, so wie unsere Seelen. Jede Sekunde davon genoss ich insgeheim. Wir hatten etwas Gemeinsames, was ich bisher noch bei keinem gefunden hatte. Obwohl wir teilweise so unterschiedlich waren, konnten einer nicht ohne den anderen. Insgeheim machte ich mir Sorgen um meinen guten Ruf, ich wollte auf jeden Fall verhindern, dass er mich für eine gierige Samenschlampe hielt, wo mir allerdings gewissermaßen die Hände gebunden waren, da ich ja ohnehin alle Wünsche des Meisters erfüllte und das war nun mal mein Lebensinhalt. Meine Glückseligkeit, auch wenn das im ersten Moment relativ kitschig klingt, ist aber die reine Wahrheit. Ich will nichts beschönigen. Alles war so schön, bis diese Dreckschlampe kam, alles zerstörte.

Die meiste Zeit, wenn Marco einen Tag frei hatte in der Woche, hat er für mich gekocht. Das schmeckte mir einfach fabelhaft, sein Essen! Wir hatten deutlich den gleichen Geschmack. Ich war dadurch mit der Zeit so verwöhnt, dass ich nur noch sein Essen aß, etwas anderes schmeckte mir nicht mehr. Er war immer total aus dem Häuschen, wenn er mal wieder meinen Geschmack getroffen hatte und ich ihn mindestens zehn Minuten lang lobte. Manchmal konnten wir uns ansehen und hatten den gleichen Gedanken. Wie zwei Königskinder aus meinem

Märchen waren wir. Er hat mir die schönsten Gerichte gekocht. Das war einfach so grandios. Ich weiß noch, meine Mutter hatte Geburtstag und Marco hat das Essen für die Feier gemacht, inklusive Torten. Ich habe ihm dabei geholfen. Und wie das ging, Hand in Hand, so eingespielt wie ein altes Ehepaar waren wir.

## Kapitel 6
# Macho, Mama & Weihnachten

Unsere Beziehung wurde immer enger und enger. Langsam pendelte sich alles ein, wie ein altes Uhrwerk. Ohne Worte fand jeder seine zugedachte Rolle wieder. Wir dachten das Gleiche, wir fühlten das Gleiche; wir waren wie siamesische Zwillinge, die in einem anderen Leben getrennt und nun doch wieder zueinander gefunden hatten. Wir genossen jede freie Minute, die wir gemeinsam verbrachten. Ja, wir machten alles gemeinsam. Gut. Scherz beiseite. Zur Toilette gingen wir getrennt. Das war aber auch die einzige Trennung. Bis dahin jedenfalls.

Eines guten Nachmittags, er hatte frei und brauchte nicht zu arbeiten, saßen wir gemütlich in dem großen Wohnzimmer meiner Eltern und unterhielten und über Gott und die Welt. Seit ihm wohl klar war, dass wir zusammen bleiben wollten, musste er nun auch gewisse Eigenschaften an mir ausmerzen, bzw. mir Dinge des täglichen Alltags beibringen, die man mit einem Italiener wohl zelebrieren muss. So weit, so gut. An dem Tag fing er an, ich sollte ihm doch die Haare waschen. Das wäre doch meine Aufgabe. So richtig schön mit Kopfmassage und alles schön liebevoll gehandhabt… Ich hab' ihn angesehen wie ein Auto. Ich war mir erst mal relativ unsicher, ob er mich jetzt verarschen wollte, oder meinte er das tatsächlich ernst? Holla. Weil ich nicht locker ließ, bohrte ich etwas und er meinte, ich solle nicht so viel nachdenken und einfach nur tun, was er sagte. Gut. Ich habe mich dann bereit erklärt, ihm die Haare zu waschen, wie es dem Herrn auch beliebt, mit Kopfmassage versteht sich. An einem gewissen Tag war es soweit. Wir gingen ins Bad, ich hatte schon alles hergerichtet, gute Pflegeprodukte standen am Beckenrand und mein Pascha beugte sich über das Becken. Ich öffnete den Wasserhahn erst mal vorsichtig, ich wollte ja nicht als Volltrampel da stehen und ihn womöglich noch verbrühen. Nun ja. Das Wasser hatte schließlich irgendwann die ideale Temperatur und ich ließ es langsam über seinen Kopf laufen, massierte an der Seite die Haare schön nass, um gleich danach das Shampoo gut einmassieren zu können. Bis hierhin war ich optimal unterwegs. Ich massierte ihm sanft den Kopf und die Seitenpartien, wie es sonst der Frisör bei mir tat und hatte erheblichen Erfolg damit. Der gnädige HERR war zufriedengestellt, nachdem ich das Shampoo natürlich gründlich und gewissenhaft ausgespült hatte und einen leichten Conditioner benutzt hatte, der mit der gleichen Geduld einwirken und wieder ausgewaschen werden musste. Am Ende hatte ich mein Riesenbaby mit einem dicken Kopfverband aus einem Riesenhandtuch da sitzen. So und nun kam der Part: frisieren oder natura trocknen? Ich entschied mich für leicht etwas föhnen, damit alles da war, wo es hingehörte und den Rest natura trocknen zu lassen. Alles klappte prima, der gnädige Herr war völlig relaxt, als hätte ich ihm gerade eine Interkontinental-

Rakete zum Mars spendiert. Sein schönes dunkles Haar glänzte wie Seide. Ich war tief beeindruckt von meinem Werk. Beim weiteren Faulenzen im Wohnzimmer meinte mein Macho, ich müsse noch seinen grünen Pullover mit der Hand waschen. Wie? Hab ich grad' richtig gehört? Mit-der-Hand-waschen? Doch nicht mit meinen zwei Händen? Die in Wäschelauge? Ja hallo, bin ich etwa eine sizilianische Assunta, die ihre Wäsche noch über Felsvorsprünge klopft? Nach mindestens drei Mal nachfragen (kein Scherz!) wurde er stinksauer. Olala. Schnell den 4. Gang raus und in den 1. Schalten.

Ich fragte: „Warum?"

„Weil meine Mama den mit der Hand gestrickt hat!"

„Ach, und da kann man den nicht mit der Waschmaschine waschen?"

„Der wird IMMER mit der Hand gewaschen!"

„Wo ist denn der Sinn dabei?"

„Das ist einfach so. Meine Mama hat den auch immer mit der Hand gewaschen!"

„Waaaaas? Deine Mutter wäscht mit der Hand?"

„Ja und, die hat doch auch den ganzen Tag nichts zu tun!"

„Wie, und deshalb muss ich das jetzt auch so machen!"

„Sag mal, soll das heißen, deine Mutter hatte keine Waschmaschine in Sizilien?"

„Nein, die hatte keine Waschmaschine. Sie hat die Wäsche mit der Hand gewaschen!"

„Wie, bei so vielen Kindern? Das ist ja Wahnsinn! Also das kann ich jetzt nicht kapieren Du."

„Was soll man daran nicht kapieren können."

„Ich sage, der wird mit der Hand gewaschen und das ist Gesetz."

„Na guuuuut. Wenn Du meinst." (Denk mir im Stillen was….)

„Ja und?"

„Ja was und?"

„Wäscht Du den jetzt mit der Hand?"

„Aber natürlich. Habe ich doch gesagt."

„Wehe Dir…!"

Ich schau ihn so an und gehe gleich mit dem Ding in den Keller. Da sagt er, „hier die grüne Hose muss noch gewaschen werden."

„Waaaas? Du glaubst doch wohl nicht wirklich, dass ich Deine grüne Hose für 300 € wasche, mein Lieber"!

„Natürlich, nix Du wasche!"

„Die wird in die Reinigung gebracht, die ist viel zu teuer, dass ich die wasche. Himmel Herrgott noch mal…"

„Nix Du sage, wenn ich sage DU waschen die, dann waschen DU die. Capisce?"

„Schluck." Ich wurde langsam richtig nervös. „Ich weiß nicht, was dieses Machtspielchen jetzt soll? Ist das eine Erziehungsmaßnahme für italienische Ehefrauen?"

„Aooouu minga, los Hose waschen."

„Bis DU dir da sicher? Was ist wenn ich sie beim Waschen kaputt mache?"

„Mama mia. Egal. Wenn ich sage DU machen Wäsche, dann machst DU das."

Alles Murren war zwecklos. Ich ging also mit der dreckigen Wäsche in den Keller, schaute bei der teuren grünen Hose gaaaaanz gründlich im Etikett nach (mindestens 3 x) und war mir ziemlich sicher, sie bei 30 Grad mit Feinwaschmittel zu waschen, ohne eine neue Vollkatastrophe auszulösen. Über den Bügelvorgang wollte erst recht nicht nachdenken, weil die sportliche Hose überall mindestens 1.000 Taschen hatte. Aber schließlich gab es da ja noch Mama und die konnte ganz vorzüglich bügeln.

Den Pullover, Muttis selbstgestrickter, den legte ich erst mal gründlich beiseite, bis mir irgendetwas dazu einfallen oder das Schicksal selbst das Rätsel lösen würde. Eins war mit klar: den würde ich auf gar keinen Fall mit der Hand waschen. Wofür gibt's denn schließlich Waschmaschinen. Ich versteckte ihn einfach unter den anderen Wäsche und ließ ihn ruhen.

Na klasse dachte ich. So ist das also wenn die altbewährte Mama aus Italien ihren Einfluss so weit geltend macht, dass ihr erwachsenes Söhnchen noch voll nach ihrer Pfeife tanzt und seine Frau auch noch nach ihren Sitten und Gebräuchen „erzieht".

Dasselbe Macho-Spielchen konnte man regelmäßig nach dem Essen beobachten. Mir waren ja die Bräuche nicht bekannt, bzw. ich hatte einige Alltagsabläufe, die einfach anders waren. Das besondere bei den Mahlzeiten war, wenn er meistens gekocht hatte, also als Koch konnte der kochen wie der Teufel, die köstlichsten Sachen überhaupt. Ich habe im Leben noch nie solche leckeren Sachen gegessen. Das war der helle Wahnsinn. Marco stand dann in der Küche, kochte was ganz Tolles für uns und meine Aufgabe war es dann, denn Tisch abzuräumen und die Küche wieder sauber zu machen. Das war so ein ungeschriebenes Gesetz bei uns. Ich weiß gar nicht, ob wir darüber jemals gesprochen haben. Bei uns ging alles wie von selbst. Hierbei gab es von meiner Seite auch keine Diskussionen, wer so lecker kochen konnte, der hatte es weiß Gott auch nicht verdient, danach auch noch die Küche zu putzen.

Wenn wir also da saßen und gegessen hatten, vergaß ich immer sehr oft, dem Herrn nach dem Hauptgang als Abschluss eine Obstplatte mit diversen Obstsorten anzubieten. Geschält versteht sich. Was glaubst Du wohl, wenn ich das mal wieder vergessen hatte! Der fing an zu brüllen wie ein Wahnsinniger: „Wo bleibt mein Oooooooobst! Hast Du das schon wieder mein

Oooooooobst vergessen!" Sprang vom Stuhl auf und holte mit der Hand aus.... Der brüllte dann weiter, ich solle gefälligst zackig das Obst holen, sonst würde er mir eine Ohrfeige geben! Dabei stand er drohend mit erhobener Hand da, über seinem Stuhl. Der OBERMACHO überhaupt.

Ich hatte mittlerweile einen knallrotem Kopf, biss mir auf die Lippen, wie ich bloß so ein Schussel sein konnte und sein Obst vergessen konnte! Ich sprang auf vom Stuhl, als hätte mich ein 3.000 Volt-Blitz getroffen und rannte in die Küche, als würde ich beim 5.000 km-Marathon teilnehmen und den ersten Platz machen wollen. Herrgott, lass mich bloß das richtige Obst aussuchen. Ich betete. Nach zwei Minuten kam ich mit seinem Obstteller wieder im Wohnzimmer an. Er starrte mich wütend an. Er kam mir fast ein bisschen vor wie so ein wilder Stier beim Stierkampf, der Dir gegenüber steht, mit dem Fuß scharrt und fast zum nächsten Angriff ausholen will. Oh, nee. Ich ging dann schnell in die Küche, ließ den gnädigen Herrn in Ruhe sein Obst essen und machte die Küche sauber.

Als ich endlich fertig war, setzten wir uns wieder beisammen. Ich war im Stillen schon am Nachdenken, wie dieser Tag so ausgehen könnte.

„Wenn wir heiraten, behältst Du Deinen Namen und unsere Kinder bekommen alle meinen!"

„Im Leben nie..."

„Das wirst Du sehen? Und wenn wir dann verheiratet sind, dann tust Du mit einem Pessar verhüten."

„Waaas? Pessar? Iiiihhhh. Wie ekelhaft. Ich schieb mir doch nicht so einen Dreck rein."

„Ja", meinte er, „das ist so ein Ding, das wird dann über die Gebärmutter gestülpt, damit man nicht schwanger wird."

„Warum das denn?"

„Und wenn ich dir das Pessar wegnehme, dann werde ich Dir jedes Mal ein Kind machen, wann ich will…"

Oh man, das war doch Vollknaller. Zum ersten mal in meinem Leben war ich vollends sprachlos. Sozusagen komplett im Arsch! Mir blieb nur noch der Rückzug in die Küche übrig.

„Nein, das will ich nicht!", sprach's und ging.

Das in Italien als einzige in der Familie einen anderen Namen hat als der Mann, fand ich völlig bescheuert. Stell dir mal vor, deine Kinder haben einen anderen Nachnamen als Du. Schrecklich. Ich konnte mich damit nicht abfinden, heiraten wollte ich ihn schon.

Ich weiß auch nicht, was an dem Tag mit ihm los war? Aber langsam, nach und nach veränderte sich der Herr, seit wir wussten, wir werden heiraten, da zeigte er seine verborgene Seite. EIN MACHO, durch und durch! Und der zeigte, wer Zuhause das Sagen hatte! Eindeutig er und danach mussten alle tanzen!

\*\*\*\*\*\*\*\*

Irgendwann kam Weihnachten und wir wussten nicht so recht, was wir Heiligabend machen sollten. Irgendwie hatte ich gar keine Lust darauf, diesen Tag Zuhause bei meinen Eltern zu verbringen. Es war jedes Jahr dasselbe Theater. Mindestens drei Wochen vorher begann meine Mutter, buchstäblich die Tapeten aufzurollen und die komplette Wohnung gründlich zu putzen. In dem ganzen Chaos wurden Möbel verrückt und ein Aufstand zelebriert, als ob die Bundeskanzlerin persönlich zu Besuch erwartet würde. Meine Mutter brachte es fertig, diesen zelebrierten Putzgau im Endeffekt noch mit hysterischen Anfällen zu kombinieren. Jeder wurde eingespannt mitzuhelfen. Ich kann mich dann an ein Weihnachten erinnern, an dem mein Vater alle Fenster putzte. Ziemlich mühselige Arbeit, die große Wohnung hatte schier endlose und riesige Fenster. Schließlich war mein Vater nach all der Quälerei endlich fertig. Und dann kam der Knaller! Meine Mutter war wohl der Meinung, die Fenster wären nicht sauber genug, fing an, die ganze Batterie von Fenstern noch einmal ganz von vorn zu putzen! Jesus, war das ein Theater! Mein Vater mittlerweile stinksauer und mit einem Blutdruck von mindestens 290, brüllte dann meine Mutter an, dass es garantiert das letzte Mal war, dass er ihr zu Weihnachten mit dem Putzen geholfen hatte. Mein Mutter mit Putzlappen und Putzeimer bewaffnet, tangierte das scheinbar einen bloßen Scheißdreck, sie wienerte einfach in aller Seelenruhe die Fenster das zweite Mal blitzblank.

Dieser Stunk hielt mindestens noch einige Tage bis Weihnachten und überschattete die schönen Feiertage. Jedes Jahr von neuem inszenierte meine Mutter ihre wohl einstudierten Dramen. Dazu gehörte ungefähr der letzte Supergau von Hysterie, wenn es um das Essen am Heiligabend ging. Mindestens drei Tage lang rannte sie durch die Gegend und tönte herum „Ich mache zu Weihnachten nicht viel zu Essen". Dann fragte sie jedes Jahr an der gleichen Stelle, was ich den wohl zu Weihnachten gerne essen möchte. Wenn ich ihr erklärte, ich hätte gerne dies oder das, dann konnte ich regelmäßig die Uhr danach stellen, dass es ausgerechnet DAS garantiert NICHT gab! Diese Logik habe ich bis heute leider nicht verstanden. Auch nach jahrelangem Grübeln und Diskutieren mit anderen Leuten, was die wohl davon hielten, kam ich nur zu dem Ergebnis, dass sie diesen Hype nur inszenierte, um im Mittelpunkt zu sein. Am Ende gab es Heiligabend einfach das, was es jedes Jahr gab, nämlich Raclette! Warum wohl? Sie kaufte dann tausend Zutaten und ich durfte jedes Mal zum Einkaufen mitgehen, wenn ich dann spezielle, sehr leckere Sachen haben wollte, winkte sie meistens ab, weil sie auch da jedes Jahr dasselbe kaufte. Waren erst mal tausend Zutaten gekauft für das Raclette, ja dann ging das nächste Drama schon los. Die ganze Schnippelei, alles musste in mundgerechte Stücke geschnitten werden, wobei ich sehr gerne mithalf. Mindestens zwanzig Mal durfte ich mir dabei anhören, ich solle bloß nicht zu große Stücke schneiden, nein. Die gnädige Frau brauchte feine, kleine Häppchen. War nun alles geschnippelt und in kleinen Pöttchen verstaut, kam im Drama der dritte Akt. Wohlgemerkt, nicht der letzte! Alles wurde dann mit einem Servierwagen zum Tisch gerollt, dabei war regelmäßig der Servierwagen zu klein, so dass Pöttchen teilweise auch mal gestapelt werden mussten. War ich also damit zugange, ging gleich das Heidentheater los. Nein, die Pöttchen mussten anders stehen, ich sollte sie bloß nicht anrühren. Ich war an dem Punkt so angepisst, dass mir die Lust auf Weihnachten mehr als gründlich verging. Stand aber erst mal alles am und auf dem Tisch, war noch lange kein Friede. Diese Dramaturgin, die ich leider meine Mutter nennen muss, hatte grundsätzlich andauernd etwas zu meckern. Insgeheim konnte sie sich selbst wohl kaum ertragen, diese dauernd missmutige Frau. Während des Essens gingen dann ihre Schikanen weiter. Sie konnte es auch nicht ertragen, wenn ich anfing, den anderen Pöttchen anzureichen, wenn sie zu weit wegstanden. Das war ihr dann zu „unruhig". In diesem besagten Jahr kam zusätzlich noch hinzu, dass meine heißgeliebte Oma verstorben war, kurz vor Weihnachten, was mir jede Lust auf Weihnachten nahm. Ich beschloss, Weihnachten einfach mal nicht zu feiern.

Damals vor etlichen Jahren war ich sehr verliebt und die Hochzeitsglocken sollten schon bald läuten. Das große Glück war vollkommen, als sich Nachwuchs ankündigte. Nach etlichen Jahren der Kinderlosigkeit, endlich: mein Traum wurde war. Ach mein Gott, ich war so verliebt in einen Italiener (der aus Sizilien stammte); war von dem Zeitpunkt an seine Sklavin, musste über jede Minute

Rechenschaft abgeben, wenn ich nur einkaufen war. Ich musste ihm gehorchen, alles musste nach seiner Pfeife tanzen. Als ich ihm mitteilte, dass ich schwanger war, musste er plötzlich zum Militär seinen Grundwehrdienst ableisten und hatte vor, beruflich zu den Carabinieri zu wechseln, um mehr Zeit und Geld für die Familie zu haben. So fuhr er dann eines Tages nach Italien und ich blieb schwanger zurück. Ich sollte nachkommen, wenn das Kind da war. Da war auch noch die Möglichkeit bedacht, während der Schwangerschaft bei seiner Mutter in Sizilien zu bleiben, was er aber schnell verwarf, weil das zwischen mir und seiner heiligen Mama Mord und Totschlag geben würde, wie er meinte. Genau nachvollziehen konnte ich das zwar nicht, muss aber auch sagen, ich war nicht gerade begeistert von der Tatsache, unter der Fuchtel der heiligen Mama zu stehen und im fernen, völlig unbekannten Sizilien ein Kind zur Welt zu bringen. Never! Da hätte ich lieber bei der ersten Mond- oder Marslandung ein Kind zur Welt gebracht, wer hätte nicht gerne das erste Marsianer-Baby begrüßt, aber Sizilien? Oh Gott, bloß nicht! In meiner Schwangerschaft prallte ich also von einem Chaos ins nächste. Aufregung war Gift für mich.

**Kapitel 7**

# Unsere Pläne und Träume

Mein Marco war ein sehr ehrgeiziger Mensch, nur leider ist mir das damals nicht so aufgefallen. Er, der mit 18 Jahren als Koch in einer Pizzeria arbeitete und exzellent Kochen und Backen konnte, wollte einfach mehr erreichen. Am Anfang war mir persönlich nicht so klar, dass sich etwas verändern würde. Ich lebte zu dem Zeitpunkt in einer rosa Wolke, durfte eh fast gar nichts mehr alleine machen, weil er mindestens 3 x am Tag von der Arbeit aus anrief, ob ich auch Zuhause war. Wehedem, ich war von den drei Anrufen mal an zweien nicht am Telefon, dann gab es aber gleich ein Theater, das die Wände wackelten!

Dann musste ich in Minuten genau angeben, von wann bis wann ich wo war und was ich da gemacht habe. Da ich dann manchmal einkaufen war, achtete ich gar nicht so auf die Zeit und gab dann einfach so pi x Daumen irgendeine Uhrzeit an. War ich dann in mindestens zwei Geschäften, wurde es richtig brenzlig. Ich hatte am Anfang nicht damit gerechnet, dass er die Uhrzeiten zusammen zählte. Meist kam dann ein ganz entrüstetes: „Das kann ja gar nicht stimmen!" Seine rasende Eifersucht wurde immer schlimmer, je mehr wir beschlossen, zu heiraten! Das war mir auch noch nie passiert. Dabei war ich mit meinen 25 Jahren sogar noch sieben Jahre älter als er. Meine Lebensweise wurde ja völlig auf den Kopf gestellt, ich war praktisch irgendwie sein Eigentum, worüber er streng wachte. Trotzdem war ich völlig glücklich, wenn wir zusammen weg gingen, dann bezahlte er immer alles und wehe dem, wir waren auswärts essen in einer fremden Pizzeria, dann gab es erst mal super Trara, denn dann ging er erst mal in die Küche und schaute nach, ob das Essen auch gut genug für mich war. Er fühlte sich komplett für mich verantwortlich. Wenn Küche und Essen der fremden Pizzeria dann den Test bestanden hatten, durfte ich mir etwas aussuchen. Waren wir dann mir Freunden unterwegs, kuschelten wir uns wie siamesische Zwillinge zusammen und schauten uns verliebt an. Wir waren so unzertrennlich wie zwei Gummibärchen, die sich in der Hitze versehentlich aneinander geklebt hatten.

Eines Tages kam mein Marco nach Hause und erklärte mir, er hätte mit Claudia und Luigi eine tolle Sache besprochen. Sie wollten ein eigenes Restaurant eröffnen. Luigi wollte glaube ich den Pizzabäcker machen, Marco die Küche, Claudia und ich sollten Kellnern. Ich war völlig überrascht, das hat mich aus den Socken gehauen. Ich fand die Idee grandios und freute mich wie irre. Er meinte auch, die beiden anderen, also Luigi und Claudia, die hätten sich schon so einige Lokale angeschaut, jedoch war bisher nicht das passende dabei, denn es sollte keine hohe Pacht für den Laden anfallen. Wir wollten es kleines, aber feines Restaurant eröffnen. Marco freute sich auch, dass mir die

Idee so gut gefiel, wunderte mich allerdings auch ein kleines bisschen darüber, dass die anderen schon auf die Suche gingen und ich erst mal jetzt davon erfuhr. Ich hakte das kurzfristig ab, mein Süßer hatte natürlich schon vorab die Entscheidung für uns beide getroffen, zum Glück passte es, wie immer. Ich dachte mir halt, im Orchester kann auch nur einer die erste Geige spielen. Ohnehin konnte ich ihm nicht lange böse sein und umgekehrt er auch nicht. Wie sich die Suche jetzt aber weiter gestaltete, da habe ich auch keine Ahnung, da ich über derlei Belange praktisch erst dann aufgeklärt wurde, wenn spruchreife Ergebnisse vorlagen. Ich schob den Gedanken irgendwo beiseite, mir war auch alles völlig schnuppe, ich wäre zur Not auch zum Nordpol oder in die Antarktis mit ihm gegangen, um eine Pizzeria aufzumachen.

Eines Tages ergab es sich allerdings, dass meine Schwangerschaft dazwischen kam und unsere schönen Pläne schienen wie eine Seifenblase zu platzen. Wieso, weiß ich bis heute nicht. Vielleicht dachten sie, dass ich mit dem Kind nicht hätte mitarbeiten können, aber das wäre doch völliger Quatsch. Es sei denn, der Herr hatte mal wieder andere Pläne und ich vermute mal, Italiener und Kinder, da muss die Frau glaube ich Zuhause bleiben und sich um die Kinder kümmern. Ich persönlich hätte mir gut zugetraut, auch mit dem Baby im Restaurant mitzuhelfen, aber mich fragte ja kein Mensch. Die drei, also Marco, Luigi und Claudia machten alles unter sich aus. Deswegen habe ich auch bis heute keine Ahnung, warum diese Aktion

„Wir machen ein Restaurant auf", so schnell mit meiner Schwangerschaft in der Versenkung verschwand.

Am Anfang der Schwangerschaft fragte er mehrfach, wann wir heiraten. Da ich mit meinen Eltern noch nicht drüber gesprochen hatte, fragte er dann noch ein paar mal. Da mir am Anfang der Schwangerschaft immer von zu viel Aufregung schwindelig wurde, hatte ich panische Angst, den Riesentrubel einer Hochzeit nicht aushalten zu können und hatte Angst, in Ohnmacht zu fallen. Ich stellte mir wieder und immer wieder die Prozedur vor und merkte dabei, wie mir kochend heiß und schwindelig wurde, sah meine keifende Mutter dazwischen herumrennen, ein Durcheinander feinster Art. Ich wollte einfach nur meine Ruhe haben. Dummerweise habe ich einfach nicht geschaltet, so dass wir einfach erst mal standesamtlich geheiratet hätten. Das hätte ich auf jeden Fall noch geschafft. Irgendwie sah ich aber immer als Hürde diese kirchliche Hochzeit mit Zuviel Tamtam und Aufregung. Dummerweise hatte ich auch niemanden, der mich in dieser Situation beraten konnte. Noch viel weniger hatte ich meinen Eltern gebeichtet, dass ich schwanger war. Ich hatte panische Angst, meinen Eltern zu beichten, dass ich schwanger war. Ich kannte meine Mutter, sie war ein Satan und hatte an jedem Scheiß etwas zu meckern und herum zu kotzen, die bloße Vorstellung, bei ihr auf der Anklagebank zu stehen und mich zu rechtfertigen, warum und wieso ich nun mit sagenhaften 25 Jahren Schwanger war, Gott das war mir so peinlich. Mit der Schwangerschaft war ich dünnhäutiger geworden. Ich stand Mutterseelen allein da. Ich traute mich auch nicht, mir von irgendeinem meiner Freunde einen Rat zu holen. Es war ohnehin sonnenklar. Ich wollte einfach nur meine Ruhe haben. Während ich mit üblen Schwindelanfällen in den ersten drei Monaten zu kämpfen hatte, verschwieg ich diese Tatsache vor Marco. Ich wollte nicht, dass er sich Sorgen machte. Ich wollte ihn nicht damit belasten, es reichte ja schon, dass ich darunter litt, warum sollte er zusätzlich noch darunter leiden? Ich biss die Zähne zusammen, soweit es ging. Mir blieb die Panik vor dem Riesentrubel der Hochzeit, hätte jemand vernünftig mit mir gesprochen und gesagt, wir machen einfach eine ganz kleine Feier. Meine Güte, hätte ich ja gesagt. Andererseits wollte ich aber auch eine richtige Hochzeit in weiß haben. Ich glaube insgeheim wartete ich darauf, dass sich der Knoten dieses Problems von selbst löste, doch das war ein verhängnisvoller Fehler, den ich damals begangen hatte.

Plötzlich eines Tages kam Marco an und sagte, er wolle wieder nach Italien zurück. Ich sollte dann später mit dem Kind nach kommen. Er wollte zumindest seine Grundausbildung bei den Carabiniere fertig haben, um damit eine Familie ernähren zu können. So wie er es mir erklärte, wollte er auf jeden Fall mehr von seinen Kindern haben, denn als Koch wäre er praktisch ständig zu unmöglichen Zeiten von der Familie fort und hätte auch an allen Sonn- und Feiertagen arbeiten müssen. Das wollte er nicht. Er wollte Zeit für seine Kinder haben und diese auch aufwachsen sehen. Seine Wahl fiel daher auf die Ausbildung bei der italienischen Armee. Er hatte seinen

Entschluss fest gefasst. Da gab es nichts mehr dran zu rütteln. Deutschland gefiel ihm auch nicht, er wollte unbedingt wieder nach Italien zurück. Ich persönlich liebte auch Italien, die Sonne, das Essen usw. Das Ganze wäre für mich eigentlich kein Problem gewesen, aber dass er mich so lange alleine ließ, machte mir ganz schwere Bauchschmerzen. Ich glaube insgeheim, hatte ich mal wieder einen siebten Sinn, auf den ich schier immer zählen kann.

Da er wohl gründlich nachdachte, wie oder wo er mich für die Zeit der Grundausbildung beim Militär unterbringen könnte, war kurz auch die Wahl auf Sizilien gefallen. Zunächst fragte er mich scheinbar ganz unbefangen, ob ich mir vorstellen könnte, bei seiner Mutter solange zu bleiben, bis er alles für eine kleine Familie arrangiert hätte. Bei dem Gedanken, bei einer wildfremden Familie so ganz allein zu sein und dazu niemanden zu kennen, da brach mir echt die Höllenpanik aus. Ich versuchte möglichst ruhig zu bleiben, malte mir alles aus und meine Panik wuchs schier mit jedem Versuch, mich in diese Situation hinzufühlen. Mein Körper war einfach seit der Schwangerschaft völlig außer Rand und Band, ich hatte keine Kontrolle mehr darüber. Ich musste möglichst aufpassen, dass ich mich auf keinen Fall aufregte, um den Schwingelanfällen zu entgehen. Das Baby gab mir deutlich zu verstehen: es war schon ein echter Italiener, für die ist Stress oder Hast sowieso ein Fremdwort. Ein Italiener lässt sich nicht treiben oder stressen! Ich musste ihm dann leider sagen, dass ich diese Variante bei seiner Mama leider gar nicht wahrnehmen mochte. Bei seiner Mama! Etwas ungewöhnlich war, dass er regelrecht erleichtert schien, als ich dieser Variante eine klare Absage erteilte. Er sagte: „Du und meine Mutter für fünf Minuten in einem Raum und ihr kratzt euch gegenseitig die Augen aus...!" Aha. Mein Marco kam dann zu dem tragischen Entschluss, dass ich also Zuhause in Deutschland bei meinen Eltern bleiben sollte, während er auf mich und das Kind warten würde. Mir blieb förmlich nichts anderes übrig. Ich wollte eigentlich mitgehen, aber das ging nicht. Ich weiß auch nicht, wo er in der Grundausbildung hin kam und wo er da wohnen musste/durfte. Ob es bei dieser Einheit, die ja eine militärische Einheit ist, auch so wie in Deutschland Kasernen gab oder dergleichen, blieb mir irgendwie wissensmäßig versagt, damals gab es halt noch kein Internet. Es war alles sehr beschwerlich heraus zu kriegen. Ich hatte jedoch die Anschrift seiner Mutter in Sizilien zur Not.

Eines Abends kam Marco von der Arbeit heim und ich holte ihn ab, wie immer in der Nachts um ein Uhr. Zuhause angekommen, machten wir uns bereit fürs Bett und dann nebenbei erklärte er mir, er würde morgen nach Italien zurückfahren. Er hatte sich das wohl bis auf die letzte Minute aufgespart, um irgendwelches Theater meinerseits zu unterbinden. Anders kann ich es mir allerdings auch nicht vorstellen. Plötzlich wurde ich durch die Realität wachgerüttelt. Doch jetzt war alles zu spät. Da half auch kein Bitteln und Betteln, er blieb hart. Ich war innerlich wie erstarrt, glaubte irgendwie im falschen Film zu sein, kniff mich mehrfach, weil ich glaubte, einfach nur einen grauenhaften Alptraum zu haben. Es half alles nichts, wir schliefen länger an diesem Morgen, er machte sich fertig und packte seine sieben Sachen. Ich zog ihn ein letztes Mal an mich und versuchte ganz angestrengt, den Duft seiner Haut einzuatmen, weil ich Angst hatte, ihn für immer zu vergessen! Ich hatte das Gefühl, als würde mein Herz von einer eisernen Faust gefasst und unbarmherzig zerquetscht. Seitdem habe ich ein Herz aus Glas.

Marco wurde abgeholt von irgendeinem Bekannten, sie fuhren wohl zusammen nach Hause. Ich winkte ihm an der Tür noch nach, er gab mir einen letzten Kuss und drückte mich fest. Schon fuhr der Wagen um die Ecke und war verschwunden.

Ich ging in mein Zimmer, schaute aus dem kleinen Fenster hinaus und pure Verzweiflung packte mich. Es war nicht nur Verzweiflung, es war Hilflosigkeit, Traurigkeit, Enttäuschung. Ich fiel in ein tiefes Loch und weinte stundenlang. Als alle Tränen versiegt waren, meine Augen knallrot und meine Nase mittlerweile zu saß von der ganzen Heulerei, musst ich ein paar Mal Durchschniefen und fasste mich wieder. In den darauffolgenden Wochen stürzte ich mich in die Hausarbeit, beschäftigte mich. Zum Glück ließen so mit Anfang des vierten Monates diese elenden Schwindelanfälle nach und waren irgendwann ganz verschwunden. Ich konnte endlich mal aufatmen. Nun wartete ich jeden Tag auf eine Nachricht von meinem Schatz. Ein Brief? Oh je, ich hatte da die schlimmsten Befürchtungen. Hatte er mir doch erzählt, dass er kein großer Briefeschreiber wäre! Da hätte es mal seine Mutter getroffen mit dieser leidigen Briefeschreiberei. Eine dumme Sache wäre ihm da passiert. Er wäre für ein Jahr lang ins Ausland gegangen und hätte sich auch so lange (!!) nicht mehr bei der Mama gemeldet. Irgendwann kam er wieder nach Hause und stand bei Mama in der Tür. Und die Mama war schier außer sich, weil sie nämlich seit Monaten gar nicht wusste, ob ihr Sohn noch lebte oder schon irgendwo tot im Graben lag. Na, was glaubt ihr wohl, hat die Mama als erstes gemacht? Genau! Sie hat ihm erst mal links und rechts eine schallende Ohrfeige verpasst, dass es nur so rappelte im Karton! Nach der Spezialbehandlung alla Mama durfte er dann die heiligen Hallen des Elternhauses betreten. Zuvor hatte er sich natürlich für seine Schofeligkeit mindestens dreitausend Mal bei Mama und dem Papst entschuldigt. Aber was kann der Arme denn dafür, wenn nirgends im Ausland ein Kuli aufzutreiben ist?

Und genau dieser Marco war nun in Italien. Und ich war jetzt diejenige, die auf ihn warten würde, nicht die Mama. Ich machte mir in Anbetracht dieser Anekdote schon die schwersten Vorwürfe, ihn überhaupt so gehen zu lassen. Wir hätten doch vorher heiraten sollen.

Zunächst war er erst mal nach Sizilien unterwegs, erst mal wieder zurück zur Mama und dann schauen, wo er seine Grundausbildung machen musste. Während ich mich nebenbei auch noch mit meiner Schwangerschaft befassen musste, was mich auch so nebenbei in den Wahnsinn trieb, weil ich mir Bücher und Hefte kaufte, um überhaupt einmal festzustellen, was mit meinem Körper alles passierte. Als ich das alles las, insbesondere so das letzte drittel der Schwangerschaft mit diesen riesigen Bäuchen, da wurde mir ganz mulmig und mich überkam eine panische Angst. Ich wusste nicht, wie ich das alles überstehen sollte, schließlich versteckte ich die Hefte und redete mir tief und fest ein, gar nicht schwanger zu sein. Das Problem würde sich zur Not sicher irgendwie von selbst lösen und wenn nicht, blieb mir immer noch die Möglichkeit, wenn „es" so weit wäre, aus dem Fenster zu springen. Was ich dann auch allen Verwandten und Bekannten erzählte, wenn die Fragten:

„Na, hast Du schon Angst vor der Geburt?"

„Nöööööööö!"

„Nein? Gar nicht so ein bisschen?"

„Nöööööööö!"

„Mädel, du bist aber eine ganz Hartgesottene, was?"

„Nö. Wenn es so weit ist, spring ich aus'm Fenster!"

Meistens waren die Leute dann so dermaßen geschockt, dass sie endlich ihre gottverdammte Klappe hielten und mich nicht weiter mit dem Geburtsmist belästigten. Hurraaaahhhh!

Meine erste Angst galt den Schwangerschaftsstreifen. Diesen Kampf wollte ich zumindest gewinnen. Also schrieb ich meinem Schatz in Sizilien, ich bräuchte dringend Olivenöl für meinen Bauch. Ich hatte gelesen, mal solle den Bauch täglich mehrmals mit Olivenöl einmassieren und dabei sanft kneten, damit könnte man besagte hässliche Schwangerschaftsstreifen vermeiden, was auch tatsächlich stimmte. Eines Tages kam dann ein Riesenpaket an und ich wusste erst gar nicht, was das sein könnte, auch noch für mich! Mein Schatz in Sizilien schickte mir einen Riesenkanister Olivenöl, der hätte beileibe schon mindestens für sechs Schwangerschaften gereicht. Ich freute mich wie wahnsinnig, dass er an mich dachte und ein Brief war auch dabei. Der Brief war allerdings nicht so sehr, was man sich selbst als begeisterter Briefeschreiber erwartet, man merkte gleich, hier fehlte es ihm tatsächlich an einigem Talent. Er war relativ trocken und kurz gehalten, der Brief meine ich. Ich schrieb natürlich gleich zurück mit tausend Küssen, Herzchen und Hastenichtgesehen. Bedankte mich für den Kanister und dachte dann im Stillen, ich muss ihnen auch etwas schicken. Ergo machte ich mich auf die Suche nach einem schönen Geschenk für seine Mutter. Es war mir nur das Teuerste gut genug für sie. Da ich wusste, dass sie eine talentierte Frau ist, die gut Handarbeiten kann, dachte ich einerseits an eine Beschäftigung und andererseits an eine Wertanlage. So kaufte ich für Marcos Mama in Sizilien einen Gobelinstich von dem Abendmahl Jesus (wir wissen ja, wie verrückt die Italiener so mit ihren Heiligen sind, gell) und dachte daran, ihr damit eine Freude zu bereiten. Es war ungestickt, das riesige Bild. Das Material war alles beigefügt und die Größe war ungefähr von einer Wand zur anderen, wenn man sich ein mittelgroßes deutsches Wohnzimmer vorstellt. Diese Bild hatte eine grandiose

Größe, dieser Gobelin kostete damals über 1.200 DM. Dann schickte ich ihr noch ein Paket Waschmittel, das gute Deutsche. Das würde sie bestimmt mal gern ausprobieren, leider konnte ich ich ja keine Waschmaschine schicken. Also ging auch ein großes Paket von mir auf die Reise nach Sizilien. Ich muss allerdings sagen, ich habe nie eine Antwort erhalten von der Mutter. Kein Dankeschön, kein nichts! Auch später, als mein Sohn geboren war usw. hatte ich mal Fotos hingeschickt, damit die Frau ihr Enkelkind sehen konnte, aber nie eine Antwort erhalten!

Da ich meine Mutter kenne und sie, was später erst raus kam, auch Briefe von Marco abgefangen hat; abgefangen und vor mir versteckt, war ich stinksauer. Sie wollte wohl heraus bekommen, was wir vor hatten. Mittlerweile wollte sie nämlich ihr Enkelkind nicht mehr abgeben und hatte mir deshalb den Kinderpass von meinem Kind einfach weggenommen und verschlossen. Ich war schön völlig verzweifelt, weil ich mich zwischen den Fronten wie ein Spielball fühlte, auf dem jeder herumtrat nach blieben. Ich war ein Stück Arschloch, mit dem jeder durchweg machte, was er wollte! Es war zum Verzweifeln. Ich konnte kein eigenes Leben leben, ich war wie eine Gefangene meiner Mutter geworden. Die intrigierte und manipulierte hinter meinem Rücken herum. Doch fand ich das erst weitaus später heraus! Und das war sehr, sehr grausam.

Als nämlich nach der Geburt des Kleinen plötzlich für Monate eine Funkstille zwischen mir und Marco herrschte, musste ich nachforschen, wo er abgeblieben war. Als ich ihn endlich fand und er mich anrief, sagte er mir doch tatsächlich: „Was willst du auf einmal? Ich habe so oft angerufen bei deiner Mutter und die hat mir immer gesagt, du wärst weggezogen, würdest da nicht mehr wohnen. Jetzt kommst Du auf einmal an und willst wieder was von mir?" Mir blieb vor lauter Aufregung fast die Spucke im Halse stecken? War das jetzt wahr? Wirklich? Ich konnte es einfach nicht fassen? Ich glaubte eher an eine blöde Ausrede von ihm. Aber das könnt ihr in einem anderen Kapitel lesen!

**Kapitel 8**

# Er führt mich zum Juwelier

Eines Tages beschlossen wir an seinem freien Tag, einen schönen Bummel durch die Stadt zu machen. Schließlich musste er an den Wochenenden immer arbeiten, was weniger schön war. Daher genossen wir seine freien Tage. Es war herrlich, so viel Zeit füreinander zu haben. Wir schlenderten so durch die Gassen, schauten in die Schaufenster. Das Wetter wurde langsam kälter, so nutzten wir die letzten warmen Tage ein wenig. Ich blieb wie angewurzelt vor dem Schaufenster eines Juweliers stehen. Dort waren Schmuckstücke mit wunderbaren Smaragden und Saphiren zu sehen. Ein Traum! Während ich da stand und mich fragte, ob wohl die Smaragde oder die Saphire schöner anzusehen waren, grübelte ich darüber und hatte mich förmlich an dem Schaufenster festgefressen. Das war mir im ersten Moment gar nicht so aufgefallen. Marco stand plötzlich neben mir und sagte: "Such' Dir was aus!" Ich dachte im Stillen, habe ich das gerade geträumt? Hat er wirklich zu mir gesagt, ich sollte mir was aussuchen? Ich antworte schlicht und ergreifend.

"Was?"

"Ja komm, such Dir was aus!"

Mir wurde heiß und kalt zugleich und mein Hirn hämmerte. Was zur Hölle wollte er jetzt damit bezwecken? Der Kerl stand selbstbewusst da, als wäre er der Scheich von Abu Dhabi. Mit der Selbstverständlichkeit eines Höllenhundes wollte er mir den ganzen Juwelierladen leer kaufen? Halleluja. Da stand er nun, wie der Kronprinz von Zamunda, lächelte mich an. Nur zu, nur zu Kleines, such dir alles aus! Nimm, so viel du kannst! Warum zwischen Saphiren und Smaragden wählen? Nimm doch einfach die Diamanten!

Während ich wieder verzweifelt ins Schaufenster starrte und Saphire und Smaragde mir zuriefen. "Nimm mich! Nimm mich!", konnte ich mich tatsächlich nicht für eines von beiden entscheiden. Zu schön waren die glitzernden Steine in den Schmuckstücken verarbeitet!

"Meinst Du das jetzt wirklich!"

"Ja, natürlich! Hast Du schon etwas gefunden?"

Ich dachte mir so, will der mich jetzt auf die Probe stellen? Ich konnte mir jedenfalls gut vorstellen, dass er mal austesten wollte, wie stark ich zuschlagen konnte, wenn mich der Teufel persönlich ritt. Eigentlich hatte ich insgeheim gehofft, er würde mir einen Ring aussuchen.

"Was soll ich nehmen? Ring oder Kette?"

"Nimm doch beides!"

Ich hatte das Gefühl, die Sachlage wurde immer verrückter. Während ich noch ins Schaufenster starrte, hörte ich meine innere Stimme aufschreien. Da war der Teufel persönlich, der in mir schrie: "Nimm alles! Nimm alles!" Und wieder eine warnende Stimme ganz aus dem Bauch raus schrie: "Vorsicht Falle!"

Die Situation hatte bereits eine gewisse Brisanz erreicht, als müsse man eine Zehn-Zentner-Bombe aus dem letzten Weltkrieg entschärfen. Meine Nerven waren angespannt. Ich schaute ihn an und musterte seinen Gesichtsausdruck. Der kam mir irgendwie ganz merkwürdig vor. Weil mir das alles viel zu kurios erschien, sagte ich schließlich zu ihm: "Lassen wir das erst mal. Ich weiß nicht, was ich nehmen soll. Außerdem sind die auch viel zu teuer. Wir finden sicher woanders etwas preiswerteres." Augenblicklich sah ich in seinem Gesicht das blanke Erstaunen. Wahrscheinlich hatte er tatsächlich damit gerechnet, dass ich das halbe Geschäft leerkaufen würde. Und ich kann sagen, da lagen beileibe keine Billigwaren. Das, was mir gefiel, ging schon in die Tausende. Daher war ich um so erstaunter, dass er bereit war, so viel Geld für mich auszugeben.

Überhaupt hatte ich sowas bisher auch noch nie erlebt. Ehrlich gesagt, dass muss ein Mann erst mal bringen, spaziert beim Edeljuwelier vorbei und sagt zu Dir "Such' dir was aus!"

Ich muss sagen, er schaffte es immer wieder, mich zu überraschen. Das waren Momente im Leben, die man wohl nie vergisst. Nun ja, meinen Ring habe ich dann später noch bekommen. Eine Art Ehering aus Weißgold.

Den weiteren Tag verbrachten wir dann bei Freunden. Wir waren soooo glücklich und genossen jede Minute, die wir miteinander verbrachten. Das wir eines Tages die Liebesgeschichte von Romeo und Julia noch weit in den Schatten stellen sollten; tja, da hätte William Shakespeare seine reine Freude an uns gehabt und seine Gott verdammte Tragödie nach Sizilien verlegt!

Meine Ringe bekam ich wie gesagt später, genauer gesagt zwei Stück. Die beiden Verlobungsringe habe ich stolz getragen, ich will auch nicht näher eingehen an dieser Stelle. Später im Prozess habe ich sie dann in die Toilette geschmissen und mehr als einmal kräftig abgedrückt. Es war ein Gefühl, als hätte ich ein Stück meines Lebens abgespült, runter in die tiefe Kanalisation.

# Kapitel 9

# Oh Gott ich bin schwanger

Heiligabend, als ich die Nacht mit Marco in der Pizzeria verbrachte, weil er arbeiten musste, hatten wir in der Nacht Sex. Was an dem Abend mit mir los war, weiß ich bis heute nicht. Es ist mir ein ewiges Rätsel. Allerdings wurde ich in der Nacht schwanger. Ich hatte von dieser leidigen Cola mit ? Weinbrand getrunken und hatte schon ganz schön einen sitzen, weil zu allem Übel auch noch das Essen so salzig war. Dementsprechend beschwipst war ich, nein, Alkohol war ich sonst gar nicht gewöhnt. Es ging auch gleich wieder los, wir hatten Sex und hatten Sex und hatten Sex und…. Während ich in meinem beschwipsten Zustand nur noch dachte, wann hört der endlich auf? Es war schon fast eine Stunde vergangen und ich weiß wirklich nicht, was an dem Abend mit ihm los war. Eine Stunde Sex! Ich fühlte mich wie auf dem Sportplatz beim Leistungssport. Mein abgewinkeltes Bein knallte mit jedem seiner Stöße gegen die Wand und hat den anderen dort schlafenden Pizzabäckern und Köchen garantiert die Nachtruhe geraubt. Prompt wurde Marco am anderen Tag von seinem Kollegen gefragt, was denn diese schreckliche Knallerei verursacht haben könnte. Nun ja, grinsend erzählte er ihm stolz die Ursache und gut war's dann. Am Morgen nach der

Marathon-Sex-Nacht fuhren wir zu meinen Eltern nach Hause und im Auto hatte ich schon so ein ganz merkwürdiges Gefühl, als ob irgendetwas Inneres mir sagte: „Von jetzt an ist nichts mehr so wie früher!" Genau der Satz schoss mir in den Kopf und gleichzeitig sagte mein Bauchgefühl mir: „Verflucht, du bist schwanger!" Gestern ist es passiert. Ich weiß noch, was für eine verdammte Sauwut ich auf ihn hatte, Gott verflucht. Erst war ich völlig geschockt, jedoch der Alltag mit seinen Anforderungen holte mich schnell wieder ein und ich vergaß die ganze Episode.

Plötzlich eines Tages taten mir meine Brüste weh. Oh ja. Und zwar tierisch weh. Das war ganz extrem. Besonders bei jeder Berührung war der Schmerz richtig heftig. Ich war einfach völlig irritiert. Sowas hatte ich noch nie. Was konnte das wohl sein? Vielleicht eine Brustdrüsenentzündung? Mit der Zeit wurde dieser Schmerz in der Brust aber etwas besser, dafür stellte sich morgen vor dem Frühstück ein Brechgefühl ein. Ich musste meistens vor dem Frühstück einmal kotzen und konnte erst danach frühstücken. Damit niemand das merkte, drehte ich im Badezimmer alle Wasserhähne auf einmal auf, was ein Heidengetöse war. So konnte niemand mein Kotzen hören. Wenn ich endlich am Frühstückstisch saß, würgte ich mir meistens eine Kleinigkeit runter. Den Riesenhunger hatte ich morgens nun gar nicht mehr. Mittags wurde meine Essensauswahl dann immer wählerischer, ich mochte fast gar nichts mehr aus Mutters Küche, wenn ich Hunger hatte, kochte er mir was und wie der Teufel es so wollte, hatten wir auch den Hinsicht beide den gleichen Geschmack und wir schlemmten dann zusammen schöne Sachen, die mein Macho alle kochte für mich. Überhaupt wollte er nicht, dass ich irgendeinen Dreck esse, daher kochte er für mich und versuchte dann immer meinen Geschmack zu treffen, was ja auch immer klappte. Er freute sich dann wie ein Schneekönig, wenn es mir sichtlich gut schmeckte.

Plötzlich in dem ganzen Wirrwarr fiel mir irgendwann brennend heiß ein, dass meine Periode ja überfällig war. Ich glaube, es waren doch tatsächlich drei oder vier Wochen oder so. Jetzt auf einmal beunruhigte mich das, ich war mir aber sicher, dass eine völlige Tragödie dahinter stecken musste. Ich rechnete mit Gebärmutterkrebs und holte mir nun einen Termin bei der Frauenärztin. Als es dann so weit war, musste ich in die nächste Stadt fahren, weil es in unserem kleinen Kudorf schier gar nichts gab. Dort saß ich dann im Wartezimmer und war völlig niedergeschlagen. Endlich kam ich dran. So, ich durfte dann Urin abgeben, dann kam die Untersuchung. Danach musste ich mich wieder ins Wartezimmer setzen und auf den Urinbefund warten. Ich dachte mir nichts dabei, war aber völlig gefasst, dass mir die schlimme Nachricht gleich überbracht würde. Ich rechnete damit, dass mir die Gebärmutter amputiert werden müsse. Ja, das musste es sein. Schließlich war ich in all den Jahren mit meinem Verlobten in USA nicht schwanger geworden. Ein Tumor konnte nur die grausame Wahrheit sein! Fühlte mich so ein wenig durchgerüttelt und durchgeschüttelt, als hätte mir jemand die Füße unter der Erde weggezogen. Endlich musste ich rein, es war so weit. Ich saß in dem schweren Sessel, die Ärztin lächelte. Ich dachte mir im Stillen, die muss auch Nerven wie Drahtseile haben. Dann sagte sie: „Herzlichen Glückwunsch, Sie sind schwanger!" Ich zu ihr: "Waaaaas, habe ich keinen Tumor?" Sie verneinte lachend und ich war völlig geschockt. Musste auch noch mindestens dreimal fragen, ob auch keine Verwechslung vor lag. Nun ging es los, ich durfte noch einige Dinge über mich ergehen lassen, Blut abnehmen für den Schwangerschaftspass und Ultraschall, beides bekam ich nach einiger Wartezeit mit nach Hause. Was mir noch einfällt zu der Zeit... ich hatte eine Panik vor scharfen Nadel, also Spritzen und Kanülen, solche Sachen halt. Das wurde zu einer extremen Phobie, wo ich besonders beim Blutabnehmen darunter litt. Komischerweise hatte ich mir diese Spritzenphobie mit der Schwangerschaft eingefangen, vorher hatte ich keine Probleme damit. Gut, sie schafften es trotzdem, mir Blut abzuzapfen, ich war tapfer und irgendwann war ich mit neuer Nachricht dann auf dem Weg nach Hause. Von dem Zeitpunkt an war ich nur noch mit mir selbst beschäftigt. Ich hatte einige Zeitungen mitbekommen, die ich Zuhause versteckte, damit Marco sie nicht sah. Ich schaute sie mir an und da standen so grausame Sachen über Schwangerschaft und Geburt drin, dass ich eine Heidenangst bekam. Auch diese Angst steigerte sich fast zur Panik. Ich schmiss dann unter großer Flucherei die Hefte weg: „So ein Scheißdreck, weg damit!" Ich bildete mir einfach ein, ich wäre gar nicht schwanger. Das hört sich zwar irgendwie verrückt an, war aber für mich die beste Lösung. Mir war auf jeden Fall eines klar: „Ich wollte keine Geburt haben. Punkt. Da könnten sich alle noch so auf den Kopf stellen. Never!" Nachdem ich das schon mal beschlossen hatte, ging es mir erst mal besser. Dann kurz darauf schoss mir auch schon eine neue Sorge in den Kopf: „Oh Gott, ich machte mir große Sorgen und Vorwürfe, dass das Kind eventuell schwerbehindert sein könnte, wegen dem Sex. Sollte ich besser keinen Sex mehr haben? Au weia?" Das wäre aber nicht so richtig Marcos Ding gewesen. Vielleicht würde es reichen, ihn ein kleines bisschen auszubremsen? Keine Ahnung. Ich musste erst mal das nächste Mögliche versuchen, also erst mal ein bisschen abbremsen und abfedern. So wie ein Stoßdämpfer, also mit den Händen. Er wunderte sich scheinbar auch schon, warum er so eine Extrabehandlung bekam und war echt völlig überrascht. Im Spiegel betrachtete ich meinen Bauch, der war klein aber schon minimal als Delle sichtbar. Ich dachte mir, jetzt musst du es wagen, sag es ihm einfach. Den nächsten Tag sagte ich ihm dann, ich wolle ihm was zeigen. Ich habe jetzt einen neuen Pass gekriegt. Ich schmiss ihm die Sachen hin und er schaute ganz blöd, fragte, was das denn sei, er hätte so einen Pass noch nie gesehen.

„Ach ja? Tatsächlich?? Noch nie gesehen?" Gut, ich erklärte es ihm. Es ist ein Schwangerschaftspass, wenn man ein Baby kriegt, dann hat man so einen in Deutschland.

„Wie kommst Du denn an einen Schwangerschaftspass!"

"Ich habe ihn mir vom Otto-Versand bestellt!" Ich ließ die Bombe platzen.

„Ich bin schwanger Marco!"

Mein Marco war erst mal völlig verdattert, etwa so, als hätte ihn ein Lkw dreimal frontal gestreift... er war irgendwie nicht mehr von dieser Welt und ich starrte gebannt auf seine weitere Reaktion. Gut, dass musste erst einmal sacken. Sowas verdaut keiner so schnell. Das war mir auch schon klar. Nach dem ersten Schock und so, kuschelten wir ein bisschen und dösten herum. Später brachte ich ihn nach Düsseldorf, denn er musste arbeiten. Ich glaube die Nachricht machte sofort die Runde und in Windeseile wusste es wirklich JEDER. Selbst Claudia und Luigi, seine Kollegen und trallala. Ein paar Tage danach waren wir wieder unterwegs, auch da musste ich ihn wieder auf der Arbeit abliefern. Schließlich fasste er sich ein Herz und fragte mich, ob es das nicht ein bisschen zu früh sei, mit dem Kind und so. Eigentlich hatte er das so früh noch gar nicht geplant und dann wollten wir ja eigentlich unser eigenes Restaurant eröffnen. Wir standen da auf zwei unterschiedlichen Positionen, ich wollte auf jeden Fall dieses Kind haben und freute mich schon riesig darauf. Ich musste ihm dann meinen Standpunkt ziemlich deutlich machen. Wie ich ihn so beobachtete, hatte ich das Gefühl, er, der sowieso immer von Eifersucht getrieben war, sah in dem Kind so eine gewisse Konkurrenz. Ja, hatte er mich dann nicht mehr für sich alleine und er würde keine erste Geige mehr spielen. Er würde nur noch an zweiter Stelle stehen. Er wollte mich nicht teilen.

Mit der Zeit gewöhnte er sich aber an den Gedanken und war dann auch stolz, dass er scheinbar so fruchtbar war und prahlte auch auf der Arbeitsstelle damit, dass er der Kindermacher schlechthin war, der Superbabymacher. Er erwähnte dann auch noch, dass er täglich Milch trinken würde, daher hätte er so einen guten Samen. Ich war zwar darüber perplex, konnte mir nicht vorstellen, was das eine mit anderen zu haben könnte, aber na ja. Ich beglückwünschte ihm zu seinem „Qualitätssamen" und erzeugerischen Fähigkeiten, während er mit stolzgeschwellter Brust wie ein echter Rambo durch die Gegend rannte.

Die Zeit verging, mein Bauch wurde runder, meine Essgewohnheiten äußerten sich in Heißhungerattacken! Einmal gingen wir ins Restaurant, also in ein fremdes und ich hatte einen schier wahnsinnigen Hunger auf höllenscharfe Pizza. Mein Schatz ging aber erst mal in die Küche und schaute nach, ob das Essen auch in Ordnung war, ich sollte als Schwangere auf keinen Fall schlechtes Essen zu mir nehmen. Nachdem er wieder aus der Küche kam und grünes Licht gab, durfte ich mir eine Pizza aussuchen. Ich wünschte mir eine mit gaaaaaanz viel Schärfe. Superschärfe! Peperoni drauf und bitte noch eine halbe Flasche Tabasco dazu, lecker! Er ging zum Pizzabäcker und erklärte ihm, was und wie ich sie haben wollte. Der Pizzabäcker, der sich scheinbar mit solchen Gelüsten schon gut auskannte, leistete dann auch volle Arbeit. Die Höllenpizza kam endlich, mein Hunger war inzwischen riesig. Ich biss rein und es war höllenscharf und schön salzig, aber soooo lecker! Marco wollte auch ein Stückchen probieren, ich steckte ihm einen Happen in den Mund und kurz darauf verdrehte er die Augen und fing an zu würgen. Er hätte um ein Haar beinahe auf den Tisch gekotzt. Er fragte mich allerdings noch, wie sie mir denn schmecken würde und mir schmeckte sie super! Er beobachtete mich dabei, wie ich mich mit Heißhunger über das Höllenvieh hermachte und konnte es irgendwie nicht glauben, dass die mir so super schmeckte. Tja, so ist das, wenn man schwanger ist, gell.

Er bemühte sich also mit der Zeit und wurde auch etwas reifer, hatte die Verantwortung für mich und das Baby übernommen. Das kann man wohl sagen, wenn der Vater seiner schwangeren Frau erst das Essen genehmigt, wenn er die Küche inspiziert hatte. Er passte also auf, dass ich nichts schlechtes aß, was unserem Kind nicht gut bekommen würde. Es soll ja in der Schwangerschaft so einige Dinge geben, die man besser nicht essen sollte. Gut, da kannte er sich dann plötzlich wieder besser aus. Er musste sich also schon Ratschläge geholt haben, wahrscheinlich bei älteren Kollegen nahm ich an, woher sollte er das sonst schon wissen. Er machte sich so langsam mit der Zeit, er passte da gut auf mich auf und wenn ich nur mal so das Gesicht verzog oder irgendwie schief schaute, musste er gleich fragen, was los war. Er entwickelte sich zum rührenden Partner, der gut auf mich acht gab. Er hatte die Fähigkeit, sich schnell anzupassen. Das fiel mir relativ schnell auf.

Wir schlenderten durch Kinderabteilungen in Kaufhäusern, schauten uns die bunten Fläschchen an, die Wippen, die niedliche Kleidung und schließlich Kinderwagen! Die süße Babykleidung, ach wie herzallerliebst! Unser Baby würde die süßesten Sachen kriegen, das war schon mal klar. Wir testeten dann beide, welchen Geschmack wir bei den Kinderwagen hatten! Da gingen die Geschmäcker so leicht auseinander. Wir konnten stundenlang durch die Babyabteilungen schlendern, wir staunten über diese ganzen Sachen, ja. Wir waren stolz auf unser Kleines.

Trotzdem gab es eine Sache, die ihn wirklich sehr nervte. Er hatte sich immer vorgenommen, wenn er mal eine Familie hätte, dann wollte er auch Zeit für sie haben. Nicht immer nur arbeiten zu müssen, an Wochenende, Feiertagen und so. Schließlich wollte er mit seinen Kindern auch mal etwas unternehmen. Er dachte ganz streng an eine berufliche Veränderung. Ich hatte das in dem Sinne noch gar nicht so richtig mitbekommen. Aber doch blieb er vehement an dem Thema dran, er müsste sich jetzt Gedanken machen, wie er eine Familie ernähren sollte und das machte ihm Sorgen. Er wollte eine bessere Ausgangslage finden, geregelte Arbeitszeit und mehr Zeit mit der Familie verbringen.

Seine Wahl fiel auf eine Karriere bei den Carabinieri. Er wollte eine Ausbildung dort machen und würde dann gut verdienen. Ausreichend für eine Familie.

# Kapitel 10

# Schwanger - Er verlangt eine Diät von mir

Als mein italienischer Macho sich einigermaßen mit meiner Schwangerschaft beschäftigt hatte, machte er sich offensichtlich größte Sorgen um meine Figur. Ich weiß nicht, ob es in seiner Familie schlimme Fälle von Frauen gab, die sich vollends bis zur Fettleibigkeit gehen ließen während der Schwangerschaft. Er musste die Sache also in die Hand nehmen. Eines guten Tages teilte er mir daher mit, dass ich ab sofort eine Diät machen würde. Ich sollte nur noch essen, wenn er es mir erlaubte! Ich hab erst mal blöd geschaut, aber natürlich am Ende wie üblich zu allem Ja und Amen gesagt. Ausgerechnet an seinem freien Tag sollte meine Diät auch noch anfangen. Ich durfte erst mal was zum Frühstück essen und war dann schon mal glücklich. Obwohl ich morgens nicht so den Riesenhunger hatte, weil mir erst mal schrecklich übel war und kotzen sozusagen zum Tagesanfang gehörte wie Zähneputzen, konnte ich morgens etwas runter würgen.

Wohlgemerkt, als Schwangere eine Diät machen! Das ist gar nicht so einfach. Entweder hat man auf irgendwas völlig Verrücktes Heißhunger oder muss irgendwas wieder auskotzen. Ich hatte mal an einem Tag heißen Kirschkuchen mit Sahne in mich rein geschlungen, weil ich so einen Hunger darauf hatte. Als ich dann mit dem Auto unterwegs war nach Düsseldorf um meinen Marco abzuholen, musste ich doch tatsächlich am Straßenrand anhalten, weil ich kotzen musste wie ein Reiher! Ich meine, ich musste mir fast die Gedärme aus dem Leib kotzen, wie ich es noch nie im Leben erlebt hatte! Ich kotzte, kotzte und kotzte. Das war mir wirklich super peinlich! Auf jeden Fall, gab er auf mich acht, wollte offensichtlich, dass ich auch hinterher – also nach der Schwangerschaft – optisch gut daher kam. Er war schon recht eitel und wusste damals schon genau, was er wollte. Mir war sein Potential damals nicht so klar oder ich war einfach nur mit mir selbst beschäftigt. Das er wirklich so zielstrebig war und offensichtlich nicht nur Geld verdienen wollte, sondern schon einem gehobenen Status nachjagte, bekam ich nicht so richtig mit. In dem Kerl steckte eine unbändige Willenskraft. Ehrgeiz und was er nicht wollte, wollte er partout nicht. Klar, ich wollte natürlich auch noch hinterher schön und attraktiv sein für ihn. Ich hatte allerdings alleine schon mit der Schwangerschaft zu kämpfen, denn wer wollte denn schon bitteschön freiwillig eine Geburt haben? Überhaupt, diese ganze Sache mit der Geburt machte mir gehörig Angst, so dass ich alle Schwangerschaftszeitungen versteckte und mir einbildete, ich wäre gar nicht schwanger. Man bekommt ja nicht so einfach ein Kind, besonders das erste Mal ist schon ziemlich gewöhnungsbedürftig!

Aber zurück zum Thema. Also nach dem Frühstück machten wir uns zurecht, er zog sich etwas sportliches an und ich machte mich chic. Wie immer. Er war eigentlich so der total sportliche Typ. Seine ganze Kleidung war danach ausgerichtet, plus teuer. Alles musste wirklich super Qualität haben. Da kam nix billiges in den Kleiderschrank hinein. Aber ich glaube so sind alle in Italien, etwas sehr eitel auf ihr Aussehen bedacht, sich einfach so herauszuputzen, als wäre man doch halbwegs mit Armani persönlich bekannt. Ja. Wie komme ich jetzt auf Klamotten, hä?

Wir hatten uns fein heraus geputzt, wie schon gesagt und fuhren dann zu seinem Freund und deren Freundin. Dort saßen wir erst mal, ich war eher etwas passiv unterwegs, da sich die drei immer auf italienisch unterhielten, auch die deutsche Freundin von ihm, ich kam mir oft blöde dabei vor. Freute mich aber für ihn, dass er sich auch mal wieder fließend auf Italienisch unterhalten konnte, weil wir ja so ein bisschen radebrechend unterwegs waren, heißt: ich sprach in der Zwischenzeit gebrochen Italienisch, er gebrochen Deutsch.

Die drei kummelten wohl auch aus, was man so für den Rest des Tages unternehmen könnte. Mittlerweile war wohl so Mittagszeit rum, aber da ich ja alles tat, um meinen Marco glücklich zu machen, dachte ich überhaupt nicht im Traum an Essen.

Schließlich endeten wir auf einer Kirmes. Wir schlenderten so an den ganzen Fressbuden vorbei und mir wurde richtig flau im Magen. Ich hatte am Morgen das Letzte gegessen und war ja auf Diät. Ich hatte auch keinen Spass mehr an der Kirmes. Eine Quälerei. Überall stiegen die Düfte von gebrannten Mandeln, Pommes frites oder anderen Schlemmereien durch die Luft. Ein quirliges, wildes Getöse war das. Mir wurde immer schlechter und eine Übelkeit kroch in mir hoch. Ich sagte zu Marco: "Also, wenn ich nicht sofort etwas zu Essen kriege, kotze ich Dir gleich auf Deine Schuhe!" Er zuckte zusammen wie ein getroffener Hund und sagte zu mir: "Komm, ich hole Dir was." Und schon rannte er los, um mir was zu Essen besorgen. Ich konnte gar nicht so schnell schauen, wie der mit Essen wieder zurück kam! Ich habe mich sofort drauf gestürzt und er schaute mir dabei zu, als hätte er ein Raubtier gefüttert. Schon nach den ersten beiden Bissen ging es mit besser. Das tat so richtig gut, auch wenn es nur eine Currywurst war mit Pommes frites. Natürlich genial bei einer Diät, na ja. Am Ende des Tages waren wir alle schlauer, mein Marco und ich.

**Kapitel 11**

# Das Versprechen gebrochen

Bevor Marco nach Italien zurück ging, sind wir so verblieben, dass er seine Grundausbildung bei den Carabinieri machen wollte und ich sollte dann mit dem Baby nachkommen. Direkt nach seiner Abreise fuhr er zurück zur Mama und war dort auch eine Weile, bis es dann endlich los ging mit seiner Ausbildung. In der Zeit, als er auf Sizilien war, hatten wir Briefkontakt. Er schickte mir auch einige tolle Sachen herunter, so zum Beispiel einmal völlig leckere Plätzchen aus Sizilien, die traumhaft schmeckten. Eine Köstlichkeit, wieder mal absolut meinen Geschmacksnerv traf.

Dann ein anderes mal einen riesigen Kanister Olivenöl. Als ich mich so einigermaßen von dem Schock der Trennung erholt hatte, packte mich dann wieder diese Sauwut. Wie ich damals bemerkte, hatte er eine Unterhose vergessen. Die steckte ich kurzerhand in die mittlerweile leer gewordene Plätzchenschachtel und schloss die Schachtel wieder. Die ging dann postwendend ab nach Sizilien. Man, die werden ganz schön blöd geschaut haben, als sie die Schachtel aufgemacht haben!

Da ich wusste, dass er alles andere als ein begeisterter Briefeschreiber war, machte ich mir natürlich große Sorgen, wie lange das ganze so gut gehen würde.

Genau das passierte nach einiger Zeit, der Kontakt riss ab, ich hörte nichts mehr von ihm. Ich nahm an, er wäre ziemlich beschäftigt mit seiner Grundausbildung. Briefe blieben unbeantwortet und irgendwann kam dann doch wieder eine Nachricht aus Umbrien. Ja, er war in Umbrien gelandet, absolvierte dort seine Grundausbildung. Er schrieb mir damals von einer Via YX.... oder San YX...., soweit ich mich erinnere. Er war in Santa Maria degli Angeli gelandet, ein Vorort von Assisi.

Der Briefkontakt war relativ spärlich und alles war nur ein Krampf. Irgendwann wurde das Baby geboren Ende September, kurz vor Ostern war er gegangen. Irgendwie sprach es sich von hier bis nach Umbrien herum, dass Marco Vater eines strammen Sohnes geworden war. Ich telefonierte dann glaube ich auch noch mit ihm oder er schrieb, so genau weiß ich das heute nicht mehr. Er fragte mich aber, ob ich unser Kind Francesco genannt hätte. Ich verneinte es und ließ ihn wissen, der Kleine hat die Kurzform davon, was ich unter den gegebenen Bedingungen für einen guten Kompromiss hielt. Gut, er war ja nicht da, oder andererseits, er hätte sich ja auch darum kümmern können. Wie auch immer, mal wieder nicht so nach dem Gusto des feinen Herrn gelaufen. Tja, Pech halt.

Er war jedoch sichtlich stolz darauf und ich schickte ihm auch gleich Fotos von dem Baby. Marco meinte dann, ich solle doch mit dem Baby runter kommen nach Italien, aber ich hatte große Sorgen, wie soll ich denn bitteschön mit einem Säugling nach Italien fahren, der alle paar Stunden sein Fläschchen braucht und gewickelt werden muss? Ich war so hin und hergerissen, wollte ihm so gerne unseren süßen Sohn zeigen, aber auf der anderen Seite hatte ich eine unschöne Vorahnung oder sagen wir mal Misstrauen, ob er mir nicht vielleicht nur das Kind abnehmen wollte? Das wäre auf jeden Fall der schlimmste Alptraum, der mir je im Leben passieren würde, nach allem, was ich sowieso schon durchgemacht hatte. Dazu kam, der kleine Windelpupser hatte ja noch gar keinen Pass! Wie sollte das alles funktionieren? Dazu kam, dass meine Mutter sich strickt dagegen stellte, sie wollte partout nicht, dass ich mit dem Kind nach Italien fahre. Auch sie unkte herum: „Der will dir nur das Kind wegnehmen!" Ich war mal wieder völlig verzweifelt, so zwischen den Stühlen zu stecken, der eine wollte dies, der andere wieder das und ich war wieder der blöde Spielball, den man – so wie beim Tennis – mal hier oder da kräftig vor die Wand knallt und schaut, wo er so lustig herum hüpft. Dazu kam die ganze Mutterrolle, die Pflege des Kindes, das Versorgen, ich hatte ja von alledem noch gar keine Ahnung und brauchte da die Anleitung meiner Mutter. Nachdem ich irgendwann einen Pass für den kleinen Italiener beantragt hatte und der auch kam, freute ich mich schon so auf eine Italienreise – doch Pustekuchen, Mutter klaute mir den Pass und rückte ihn nicht mehr raus. Ich war nur noch verzweifelt, ich war so völlig mit den Nerven am Ende....

**********

Der Kleine war ganz dunkelhaarig, hatte schwarze haare und die Augenfarbe war eher blau am Anfang. Ich glaube, die ist auch bei allen Baby blau. Später wurden sie dann olivgrün, so wie Marcos. Der Kleine sah wie ein waschechter Italiener aus, zu dem Zeitpunkt hatte ich blonde Haare. Nachdem wir uns über das Baby freuten, hatte ich doch das dumme Gefühl, irgendetwas stimmt hier nicht. Ich konnte es mir nicht erklären, aber ich hatte schon immer ein Wahnsinnsgefühl für Dinge, die ich wohl erahne. Wahrscheinlich habe ich das von meiner Oma geerbt. Die wäre auch eine gute Hellseherin geworden.

Hätte ich gewusst, dass der zu dem Zeitpunkt schon nahtlos zu einer anderen Frau gewechselt wäre, ich hätte ihn völlig zur Schnecke gemacht! Doch das fand ich erst 30 Jahre später heraus, dank Internet und na ja, einigen Zufällen. Er hatte mich zu dem Zeitpunkt schon gegen eine Hotelerbin eingetauscht, ein Bombengeschäft für ihn, der aus ganz ärmlichen Verhältnissen aus Sizilien stammte und der immer sehr geldgeil war. Markenklamotten, irgendwelche teuren Sachen, das war schon immer sein Ding. Nun hatte er wohl die Geldquelle schlechthin gefunden. Bin mir sicher, er träumte schon von einem Ferrari oder anderen schönen luxuriösen Dingen, die ihn seine fette Hotelerbin alles hätte bieten können. Aber seinen Sohn, den hatte er weggeschmissen für diese Frau. Für eine reiche Frau!

Nach über 30 Jahren fand ich so einiges heraus. Leider gab es damals noch kein Internet, was ja alles immens erschwerte. Trotzdem war ich am Kämpfen, nur des Kindes willen. Ich hoffte und betete, er möge sich noch irgendwann wieder für uns entscheiden. Ich war fest entschlossen, alles zu tun, um meinem Kind den Vater zu erhalten, ihm eine Familie zu geben. Ich gab alles, was in meiner Macht stand, jedoch ich hatte den Kampf eines Zwerges gegen eine ganze dreckige und schmutzige Familienbande aufgenommen.

Marco zog dann später noch einmal um, nachdem er 1985 seine Hotelerbin geheiratet hatte. Unser kleiner Sohn war da gerade mal zwei Jahre alt. Jedes Weihnachten heulte er sich die Augen aus, weil er kein Geschenk von seinem Vater bekam, keine Karte, nichts. Das Kind war kaum zu beruhigen. Aber auch das erfuhr ich erst über 30 Jahre später durch diverse Papiere und Bescheinigungen, die man mir wohl seitens meiner Familie erst gar nicht zeigte, um mir weiteren Kummer zu ersparen.

Marco zog mit seiner neuen Hotelerbin, der Inhaberin des Hotel New York in Santa Maria degli Angeli, in eine Straße, genauer gesagt in die XXYX, ich kann hier leider nicht den richtigen Straßennamen hinschreiben, da die Drecksbande da auch heute noch wohnt. Dort bewohnte Marco eine Wohnung, es handelt sich um ein Mehrparteienhaus, etwas in dubioser Umgebung (meine Wertung), jedenfalls kein

Luxusviertel. Das Haus selbst macht wohl einen gepflegten Eindruck. Ebenfalls über 30 Jahre später fand ich heraus, dass Marco mit seiner Hotelerbin gar nicht alleine in diesem Haus wohnte! Nein. Die ganze Bagage der Marta Tiziana T. wohnte dort. Angefangen von ihrem Bruder Gabriele mit seiner Frau und den Kindern, sowie die Mutter dieser Marta Tiziana T., Francesca Maria N. Das macht also gleich dreimal Milanossi im Hause. Logischerweise kann man da annehmen, dass alle die Hotelerbin tatkräftig unterstützen, wie es ja normalerweise bei Familien so üblich ist. Ich kämpfte also gegen eine ganze italienische Bagage, die meinen Marco in ihren Klauen hielten und beileibe nicht los ließen. Wohlgemerkt auch das durfte ich erst nach über 30 Jahren erfahren!

Die Zeit verging, ich konzentrierte mich voll und ganz auf meinen Sohn. Er war mein Ein und Alles und ich liebte ihn abgöttisch. Es war das Schönste, ihn im Arm zu halten, wenn er „Mama" rief. Er war so ein süßes Kind! Natürlich wurde der kleine Hosenscheißer auch von Oma und Opa herzallerliebst gehätschelt, die wollten den Kleinen auf gar keinen Fall mehr hergeben.

Mir blieb es versagt, einen weiteren Mann zu finden, dem ich meine Liebe hätte schenken können. Ich hätte keinem Menschen auf der ganzen Welt mehr vertraut. Ich war jung und sehr hübsch, ja gutaussehend mit einer tollen Figur. Ich ging zum Fitness-Center um etwas für mein Aussehen zu tun. Die Männer liefen mir nach in Schwärmen, wie Mücken das Licht. Allein ich konnte leider keinen mehr finden, der mir gefiel, geschweige mein Herz erwärmte.

Mein Interesse galt auch nach wie vor nur Italien. So vergingen die Jahre, mein Sohn wurde älter, mein Herz immer kälter. Ich verzettelte mich in sinnlose Reibereien mit meiner Mutter, die ständig wie ein Despot andere herumkommandieren musste. Sie war wie eine Schrapnelle, die einem ständig die Nerven klaute, weil sie jeden bevormunden wollte und gelegentlich explodierte.

Nun, damals gab es noch kein Internet. Diese Frau, die mir und meinem Kind das Leben völlig versaut hat, kam davon. Sie bekam keine Lektion, keine Schuldzuweisung oder was auch immer. **

Ach, was soll ich euch sagen. Diese Enttäuschung hat mein Leben so geprägt, dass ich mich zum Schluss zwangsweise damit beschäftige, alles aufzuarbeiten. Ich müsste alles mal endlich abhaken und loslassen. Mich auf etwas Neues einlassen. Diese Rosskur habe ich auch vor.

# Kapitel 12
# Ratschlag eines Italieners

Meine beste Freundin kam mich besuchen. Monika und ich hatten unsere schönste Discozeit erlebt. Gemeinsam. Sie kam mit ihrem Freund Damiano, seines Zeichens ein stolzer Sizilianer, was ja gleichzeitig auch ein Italiener ist. Die Autonome Region Sizilien mit ihrem aktiven Vulkan Ätna ist die größte Insel im Mittelmeer und gehört seit 1860 zu Italien. "Das Land, in dem die Zitronen blühen." Alte Prachtbauten und Tempel, sowie die Mafia gehören zu den Markenzeichen der Gegend.

Den kannte ich auch. Damiano entstammte ebenfalls einer Pizzeria-Dynastie. Seine Eltern hatten mehrere Restaurants im Siegerland. Wir waren oft gemeinsam auf Tour und hatten oft jede Menge Spass. Damiano war weit und breit berühmt-berüchtigt, dass er wie ein Höllenhund Auto fuhr, als wäre der Teufel persönlich hinter ihm her. In den Kurven quietschte und ächzte das Gummi auf dem Asphalt, dass sich die Reifen nicht um die Felgen falteten war alles. Der schwere BMW musste oft mit 100 km/h und mehr in die Kurven. Ich hatte ihm früher schon mal gesagt, ob es nicht praktischer für ihn wäre, wenn er gleich einen Flugschein machen würde. Da stand er dann mit seinen hellblauen Augen und seinem rustikalen, breitknochig gebautem Gesicht und lachte unbeschwert wie ein Krabbelbaby über eine Octivity-Spielkrake. Für einen Italiener ungewöhnlich: er hatte blonde Haare. Obwohl ja bekanntlich die Insel Sizilien früher von vielen Völkern erobert wurde. Unter ihnen Normannen, Goten, Staufer und etliche andere, die besonders für den blonden Einschlag dort verantwortlich sind.

Meine Freundin war schon lange mit ihm zusammen, die beiden waren fast wie ein altes Ehepaar. Damiano gehörte zu unserer Clique, wir hatten ständig irgendeinen Blödsinn im Kopf und Damiano war der Oberkasper. So kam es, dass wir uns in regelmäßigen Abständen selbst gegenseitig verarschten.

Einmal, wir waren in seinem Restaurant essen, wo es übrigens die köstlichsten Sachen gab und alles blitzsauber war, bekam ich einen Strafmandat. Leider waren Parkplätze rar gesät und Potzblitz, es hatte mich erwischt. Das Auge des Gesetzes. Ich heftete kurzerhand den Strafmandat an Damianos Wagen, der auf dem hauseigenen Parkplatz stand. Ich lachte mich insgeheim schon dumm und dämlich bei dem Geck.

Es dauerte auch nicht lange, dass meine Freundin mir berichtete, wie sie mit Damiano an der Kasse in der Schlange stand und er wie ein Irrer am Fluchen war. Er wollte "seinen" Strafmandat bezahlen. *Gröhl, trallala!* War der kleine Saftarsch doch geradewegs dabei, meinen Strafmandat zu bezahlen! YEAH. Do it Baby! Hahahaha! Was für ein kleiner Idiot. Da stand er nun in der

Warteschlange und fluchte wie der Leibhaftige. Meine Freundin zu ihm:

"Was ist denn mit Dir los?"

"Verfluchte Scheiße, ich habe einen Strafmandat gekriegt, minga."

"Waaaas??"

"Ja, Strafmandat. Vaffanculo!"

"Wie haste das geschafft?"

"Ja wie. Wie wohl?"

"Woher soll ich das wissen?"

"An Auto dran, meine."

"Och ne, da wär ich jetzt auch nicht drauf gekommen!"

"Jetzt mach mal nicht so eine Welle hier, Tarzan!"

"Schweinerei! Ich hab' Strafmandat auf unsere eigene Parkplatz gekriegt!"

"Was? Bist Du sicher?"

"Na was sonst! Oder hab' ich mir den vielleicht gemalt?"

"Ich kann mir das gar nicht vorstellen."

"Brauchst Dir auch nicht vorstellen, ich habe ihn hier in der Hand."

"Das ist doch unmöglich. Auf eigenen Parkplätzen bekommt man keinen Strafmandat. Du hast bestimmt woanders geparkt, komm' gib es schon zu!"

"Seh' ich so aus, als wüsste ich nicht, wo unsere Privatparkplatz ist?"

"Nu mach' mal nicht so eine Welle, Tarzan!"

"Monika, du bringste mich zum Wahnsinn. Du nix Scheiße labern! Basta!"

"Aber hallo der Herr. Bitte etwas charmanter!"

"Ja, Du musste dich ja nicht aufregen.... minga."

Mittlerweile brüllte und polterte er wie ein Irrer. Und der hatte eine sehr tiefe, männliche Stimme, redete ohnehin schon immer zu laut. Sein sizilianisches Temperament liess ihn manchmal abgehen wie Schmidts' Katze. Holladiho.

"Komm, zeig mir mal den Zettel." Er gab ihr den Strafmandat.

"Mensch, bist Du völlig plemplem? Das ist doch gar nicht Dein Nummernschild!" Er riß ihr den Strafmandat aus der Hand.

"Verflucht, tatsächlich!"

"Ist das nicht Stephanies Nummernschild?"

"Kann sein...."

"Ne doch, ist es!"

"Au warte! Wenn ich die erwische!"

Als Monika mir das erzählte damals, haben wir uns kaputtgelacht. Aber das war alles vor Marcos Zeit.

Nun waren die beiden zu Besuch. Meine Freundin fragte, wie es mit Marco jetzt weitergehen sollte. Ich sagte, soviel ich weiß, macht der gerade seine Grundausbildung bei den Carabinieri. Beide meinten jedoch durch die Blume, er wäre abgehauen und hätte sich abgesetzt, um sich aus der Affäre zu ziehen. Aber es war weitaus schlimmer. Der hatte zu dem Zeitpunkt schon längst eine andere Schlampe in Italien!

Damiano sagte zu mir, ich solle meine Sachen packen, wer wollte mich nach Sizilien fahren. Es wurde hochdramatisch! Er sagte das in einem Kommandoton wie ein Feldwebel, sein Gesicht war mit bloßer Panick erfüllt und Besorgnis. Ich sagte zu ihm:

"Ja und dann?"

"Dann setze ich Dich am Hause seiner Eltern ab. Direkt an der Haustür!"

"Was werden die mit mir anstellen!"

"Hochzeit machen für Enkelkind!"

Der meinte das doch tatsächlich völlig ernst! Was soll ich sagen, er als Sizilianer kannte bestimmt am Besten die faulen Tricks der Gigolos. Er drängte mich förmlich dazu, sein Gesicht war so ernst, als würde gerade der 3. Weltkrieg bevorstehen. Ich habe noch nie einen Menschen mit so viel

Panik im Gesicht gesehen. Wir waren so gut befreundet wie Geschwister, wir verstanden uns absolut klasse. Ich hatte ohnehin schon reichlich Angst vor der Geburt und dann noch im fremden Land? Mir war verdammt mulmig dabei. Meine Güte, was sollte ich nur tun?

Damiano brüllte und polterte wieder los.

"Stephanie!"

"Ja, was denn?"

"Andiamo, mach' was ich Dir sage, minga! Pack' jetzt Deine Sachen, zack zack."

Ich bedankte mir für seine Hilfe und Sorge und konnte es einfach nicht annehmen. Ich war einfach zu naiv für mein Alter. Etwas später gingen die beiden. Vorher sagte ich ihm noch, ich würde es mir überlegen. Vielleicht, vielleicht auch nich. Heute weiß ich, er hatte völlig Recht. Genau das hätte ich tun sollen. Ich mache mir ewig Vorwürfe, er hätte mich nach Sizilien gebracht. Ich darf gar nicht dran denken, das macht mich so fertig.

Wer geht schon gerne zu wildfremden Leuten? Wie würden die einen aufnehmen? Keine Waschmaschine im Haushalt. Jesus. Das war mir doch sehr suspekt. Wenn ich mir alleine nur vorstellte, dass seine Mutter nur halb so schlimm wie meine wäre - prost Mahlzeit!

Ich glaube Damiano war es, der erzählte auch mal, wo genau er aus Sizilien her stammte, der Ort also; da wurde man auf der Straße erschossen, wenn man den falschen

Gesichtsausdruck hatte. Völlig stockernst erzählte er das. Ich kriegte prompt einen Lachkrampf und konnte nicht mehr aufhören. Während mich sein Blick traf, der alleine hätte töten können, meinte er stockernst, das wäre da tatsächlich so. Seine Familie, der mehrere Pizzerien im Siegerland gehörte, war ziemlich reich. Der war sogar verheiratet mit so einer dicken, italienischen Schlampe. Irgendwie wäre das eine arrangierte Hochzeit gewesen zwischen zwei mächtigen Clans, jedenfalls musste er die angeblich heiraten, obwohl sie ihn insgeheim ankotzte und er betonte immer wieder, wie potthässlich seine Ehefrau wäre. Natürlich war sie auch im Bett eine Totalversagerin, würde immer daliegen, wie ein Brett. Solche pikanten Einzelheiten konnte keiner lange vor den anderen verbergen, wir wussten schier alles voneinander und waren eine eingeschweißte Blutsbande.

Er machte auch kein Hehl daraus, dass er eine Freundin (also meine Freundin Monika) hatte. Der gab er oft seinen dicken, schweren BMW zum Rumgurken, überhaupt bekam die alles von ihm. Er war völlig großzügig. Wenn wir mit Damiano rausgingen, brauchten wir nie etwas zu bezahlen. Das der ständig nur irgendeinen Blödsinn im Kopf hatte, ne ne. Mit Damiano im Schlepptau war immer Lachen angesagt, so als gehörte ihm die Welt und jedes Universum.

Eines guten Tages hatte er seinen Wagen in der Werkstatt, ich holte ihn und Monika mit meinem Wagen ab und fuhren in die nächst größere Stadt. Beide saßen hinten im Auto und ich fuhr so wild ich nur konnte! :-) Ich dachte mir, jetzt werde ich es Dir heimzahlen, Bursche. Gemeint war seine wilde Raserei in den Kurven, die wir sonst mit Todesangst meisterten. Nervenkitzel pur. Ich gebe Vollgas in der Kurve, Damiano schreit von hinten:

"Stephanie, fahr nicht so schnell, ich muss kotzen!"

Monika und ich lachten uns kaputt und der "Kleine" brauchte eine Brechschüssel. Man, war der am Fluchen, als der ausstieg. Sowas habe ich selten gesehen. Das war eine schöne Zeit damals. Aber wie bereits gesagt, alles vor Marcos Zeitrechnung.

# Kapitel 13

# Sein Bruder droht mir

Eines Tages erhielt ich einen Brief aus Sizilien. Ich wunderte mich und platzte gleichzeitig vor Neugierde. Absender war ein gewisser Gabriele, der Bruder von Marco. Ich dachte noch so "was will der denn von mir?" Ich hatte ihn nie persönlich kennengelernt. Ich konnte gar nicht den Briefumschlag so schnell aufreißen, meine Gefühle fuhren gerade Achterbahn und ich war geflascht wie ein Suppenhuhn auf dem Bratgrill. Als ich schließlich den Brief in den Händen hielt, der übrigens in Italienisch geschrieben war, blieb mir echt die Spucke weg. Er schrieb mir klipp und klar, ich solle doch gefälligst seinem Bruder treu bleiben, denn ich sollte auf ihn warten! Ich sollte mich nicht wagen, einen anderen Mann zu nehmen. Holla die Waldfee, wenn das nicht wie eine handfeste Drohung klang! Er ließ auch keine Zweifel daran, dass er die Sache ernst meinte. Der Sachverhalt war klipp und klar. Jedenfalls für Gabriele aus Sizilien. Ich musste den Brief bestimmt zwanzig Mal durchlesen, weil ich es einfach nicht glauben konnte. Überhaupt, was dachte er sich dabei? Schade, dass es damals noch kein Internet gab. Dann hätte man die Dinge besser regeln können. Komischerweise bin ich auch nicht auf die Idee gekommen, ihm zu antworten.

Ich weiß nicht, ob ich mich einfach nicht traute oder ob ich einfach nur schier sprachlos war. Warum habe ich ihn nicht gefragt, damals? Ich hätte doch herausfinden können, was dahinter steckt! War das die Entscheidung seines älteren Bruders? Versuchte er, irgendetwas zu klären? Musste sein kleiner Bruder Marco auch nach seiner Pfeife tanzen? Anscheinend war Gabriele das Familienoberhaupt. Bislang hatte sich kein anderer aus Marcos Familie bei mir gemeldet.

Fast 30 Jahre später fand ich heraus, dass Marco zu diesem Zeitpunkt bereits in Assisi, bzw. In dem kleinen Kaff, was man Vorort dieser Stadt nennt, mit der Hotel-Prinzessin zusammen wohnte. Das war reiner Zufall und ich wette, Marco hat nicht damit gerechnet, dass ich das jemals herausfinden würde. Also muss ich davon ausgehen, dass dies die Entscheidung seines älteren Bruders Gabriele war, der wohl etwas mehr Vernunft und Anstand hatte, als sein kleiner Bruder. Das ist wohl generell in Sizilien so, dass die Männer das sagen haben, über die Frauen bestimmen. Und die wiederum dürfen sich im Haushalt austoben und bei der Kindererziehung. Ich glaube, die Frauen haben da rein gar nichts zu melden. Sie sind Eigentum der Männer und werden auch so behandelt.

Doch damals brachte der Brief neue Hoffnung für mich. Ich freute mich, war so glücklich, dass noch alles gut würde. Ein Happy End! Ich schwebte auf Wolke sieben.

Die Wochen und Monate danach vergingen. Der Frühling, der Sommer, das Laub färbte sich und der Winter kam. Mit ihm kroch die Kälte in mein Herz und meine Seele. Ich war erstarrt zur Eisprinzessin. Ich trug den Brief immer bei mir, so wie andere Menschen ihren Herzschrittmacher bei sich trugen. Ich klammerte mich an jeden Strohhalm von Hoffnung. Mein Lebensmut sank auf NULL. Die Schmerzen meiner Seele waren unbeschreiblich. Ich wartete und wartete. Am Ende war der Brief vom ewigen Mitschleppen völlig zerfleddert. Einmal landete er sogar in der Waschmaschine, als ich meine Jeans wusch. Ich muss wohl damals sehr nachlässig gewesen sein. Irgendwann war er dann weg. Ich weiß nicht, wie er mir abhanden kam. Danach war ich sehr verzweifelt, dass ich den Brief verloren hatte. Ich suchte wie eine Verrückte alles ab, kramte Schubladen aus und räumte ganze Schränke aus. Er war weg. Es war fast so, als hätte mir jemand meine letzte Hoffnung geraubt, als wäre die Nabelschnur nun endlich durchtrennt, die mich mit ihm und seiner Familie in Sizilien verband.

# Kapitel 14
# Kindsvater taucht ab

Plötzlich ergab es sich, dass ich monatelang nichts mehr hörte von ihm. Ich hatte ja nur die alte Anschrift in der Via C...YX, sollte er etwa versetzt worden sein?

Er war untergetaucht! Ich ging postwendend in den Kampfmodus über und telefonierte mir die Finger wund - zu Konsulaten hier und dort, versuchte möglichst viele Informationen zu bekommen. Dann fand ich in dem Deutschen Konsulat in Rom eine nette Dame, der schilderte ich meine ganze Geschichte und dass der Kindsvater sich abgesetzt hatte. Dieser Frau habe ich es dann zu verdanken, dass ich ihn wieder fand. Er war von Sizilien aus umgezogen und wohnte nun in Santa Maria degli Angeli. Die Beamtin des Konsulats konnte intern eine Anfrage an das italienische Meldeamt machen und erhielt nach ein paar Monaten Bescheid. Die Meldeämter in Italien kann man ruhig anschreiben, man wird im Leben nie eine Antwort bekommen. Wer dringend eine Person in Italien sucht, sollte zu dem Einwohnermeldeamt fahren (ganz richtig, selbst hinfahren!), wo die der letzte Aufenthaltsort der gesuchten Person war. Wird man persönlich dort vorstellig, bekommt man auch Auskunft. Das ist auf jeden Fall eine Sache, die man berücksichtigen muss. Wenn man in Italien Behörden anschreibt, bekommt man entweder nach einem halben Jahr oder noch länger eine Antwort oder etwa nie! Die Mühlen mahlen sehr langsam dort. Für deutsche Verhältnisse fast unvorstellbar, man sollte damit rechnen, in Italien ticken die Uhren einfach anders!

Da ich nun seine neue Anschrift hatte, dachte ich mir so im Stillen, der wird bestimmt bei der nächst gelegenen Carabinieri-Station arbeiten. Ergo ließ ich es mir einiges Kosten und bestellte in Italien ein original italienisches Telefonbuch von Assisi. Die Stadt Santa Maria degli Angeli ist eine Vorstadt davon. Zunächst benötigte ich eine Straßenkarte von dem Ort, wo ich die her bekam, ich glaube auf jeden Fall auch irgendwo bestellt, ist ja auch egal. Ich bekam sie einfach. Ich hatte mittlerweile gelernt, gewisse Dinge zu organisieren und vor allem, nicht locker zu lassen. Ausdauer war immer der Beste Erfolg! Mir lag jetzt besagte Karte von dem Ort vor, also suchte ich die Via C...YX, die ich logischerweise auch fand. Ich schaute nach, wo Carabinieri-Stationen auf der Karte eingezeichnet war und BINGO! Ich fand eine Carabinieri-Station in seiner Nähe.

Ich dachte jetzt oder nie. Da ich so wahnsinnig aufgeregt war, spannte ich die Frau von meinem Cousin, Beate, ein. Beate schrieb ich zwei bis drei Sätze auf Italienisch auf und sie konnte die tatsächlich ablesen mit einer Aussprache, als wäre sie tatsächlich schon zwanzig Jahre in Italien gewesen. Das fand ich total amüsant. Während wir die Nummer der Carabinieri-Station anwählten und das Freizeichen klingelte, stellte ich den Lautsprecher auf

Mithören. Am anderen Ende meldete ich ein Herr mit Carabinieri-Station und seinem Namen. Beate säuselte ihren Text ab und fragte, ob sie wohl mit Marco C. sprechen könnte. Zu unserem beider Vollschock sagte der freundliche Herr am anderen Ende: „Einen Moment bitte, ich hole ihn mal eben!" Während Beate und mir vor lauter Schreck das Herz in die Hose fiel und wir wie geköpfte Hühner gackerten und lachten und ich weiß nicht was alles machten, kam dann der Herr der Begierde persönlich an den Apparat. Wir hatten den kleinen Pokemon-Scheißer entlarvt. Ich sprach ihn an: „Marco?" Der Gute fing unverzüglich an zu stottern wie ein Dreijähriger und war sichtlich perplex! Um nicht zu sagen völlig von der Rolle! Ein paar Minuten später hatte er sich wieder gefangen und sagte, er würde später von Zuhause aus zurückrufen. Ich sagte ok und verließ mich darauf.

Später am Nachmittag klingelte das Telefon. Der Kleine, der schon laufen konnte, tippelte schnell zum Telefon und nahm den Hörer ab. Er rief ganz laut "Halloooo" in den Hörer und da ich schon schnell daneben stand und auf Mithören gedrückt hatte, wusste ich auch schon, dass es Marco war. Mein Herz klopfte und hüpfte, mir wurde vor Aufregung kochend heiß, alles in mir fuhr Achterbahn. Immer noch gab es Hoffnung in mir. Marco nannte seinen Nachnamen, wahrscheinlich hat er anfänglich gar nicht geschnallt, das sein kleiner Sohn am Telefon war. Und der Kleine plapperte drauf los wie ein Papagei, er wollte er ihn förmlich beeindrucken. Gerade mal zwei Jahre alt war er da. Er plapperte immer wieder den Nachnamen vom Vater, wobei er die Silben superlang zog, was sich zum Schießen anhörte. Als ich dann den Hörer nahm, ja da wurde es unschön. Er fragte, was ich auf einmal von ihm wollte. Angeblich hätte meine Mutter zu ihm gesagt, ich würde nicht mehr dort wohnen! Also ich war völlig geschockt. Ich weiß bis heute nicht, ob das stimmt. Ich kann mir das irgendwie schon vorstellen, andererseits eine Ungeheuerlichkeit. Zu dem Zeitpunkt war der aber schon mit einer anderen verheiratet. Als nächstes ging es dann rund: er brachte es schnell auf den Punkt. Er wollte meinen Sohn haben, Unterhalt würde er auf keinen Fall zahlen. Das wiederholte er mit Nachdruck. Ich sagte ihm, das würde ich niemals machen, "den Kleinen kriegst Du nicht. Nur über meine Leiche," sagte ich. Schließlich fing er an rumzustreiten, ich regte mich schrecklich auf, war nur noch am Boden zerstört. Ich legte den Hörer auf und das war das Letzte mal, das ich jemals von ihm hörte. Ich dachte mir noch so "warte ab Bürschchen, Dir zeige ich noch wo der Hammer hängt!"

Ich ging dann gleich zum Jugendamt und brachte die ganze Prozesslawine in Gang. Erklärte Ihnen, der wollte nicht zahlen und bestand darauf, den Jungen zu haben. Jedoch bevor überhaupt die Prozesslawine anlaufen konnte, musste eine Urkunde verfasst werden, ebenfalls beim Jugendamt. Das nennt sich die Mutterschaft anerkennen. Die haben das ganz schnell gemacht, weil das italienische Recht so ausgelegt ist, dass auch die Mutter das Kind als ihres anerkennen muss. Hätte ich das nicht gemacht, hätte er mir das Kind wegnehmen können. Wie man schön sieht, ist in der Beziehung das italienische Recht nicht nur einseitig zu Gunsten der Männer ausgelegt, es ist auch völlig schwachsinnig. Nun ja, egal. Ich habe also die Mutterschaft anerkannt mittels Urkunde und wie ich mir dabei vor kam, brauch ich wohl keinem beschreiben. Die Frau vom Amt erklärte mir alles haarklein, ist ja auch vom Sachverhalt total irre. Nachdem diese Hürde genommen wurde, ging es weiter. Das läuft in einem sogenannten Rechtshilfeersuchen nach Italien. Wo ich allerdings nicht ganz clever war, ich hätte einfach mal zu seiner Carabinieri-Einheit hinschreiben sollen wegen Unterhaltsrückstand, dann hätte man ihm da ordentlich auf die Sprünge verholfen. OK.

Der nächste Schock ließ auch nicht lange auf sich warten – die Klage kam in Italien an und, ratet mal! Er stritt die Vaterschaft ab!! Ich war total fertig. Das war aber noch nicht das SCHLIMMSTE! Der absolute Hammer kam noch. In dem seitenlangen Schriftsatz von Italien standen dann Sachen drin, die mir das Blut in den Adern gefrieren ließen! Er gab an, ich hätte Sex mit mehreren Männern gehabt. Sowas abartiges, schäbiges, hinterhältiges und verlogenes hatte ich noch nie im Leben erlebt. Nachdem ich mich vom Schock erholt hatte, beschloss ich zu kämpfen. Schließlich kam es dann zum Prozess, der fand unter Ausschluss der Öffentlichkeit statt hier in Deutschland. Gleich in der Nähe im Flur vor dem Saal von saß ein offensichtlich ein Italiener, den hatte er wahrscheinlich als Spitzel dahingeschickt. Er glotzte auch mehrmals zu mir hinüber. Im Großen und Ganzen schenkte ich ihm keine Minute

Aufmerksamkeit. Er wollte dann in den Gerichtssaal gehen, der Richter schickte ihn aber raus und ich freute mich, dass dieses Spitzelmiststück nicht rein konnte. Der Richter musste ihm das sogar mehrfach sagen, weil er schier nicht kapieren konnte. Ich habe mich innerlich sowas von kaputt gelacht. Herrlich!

Ich musste dann einen Haufen unangenehme Fragen beantworten und dann kam die Sprache auf diese angeblichen, mehrfachen Sexgeschichten, die ich aber allesamt als unverfrorene Lüge darstellte, um sich unrechtmäßig vor den Unterhaltszahlungen zu drücken. Schließlich fragte der Richter seinem Anwalt, ob der Herr denn Namen genannt hätte, wenn er schon sowas angeben würde. Sein Anwalt verneinte das aber. Ich hatte den Richter auf meiner Seite, konnte alles klar erklären, was für ein verlogenes Miststück er ist.

Der Richter ordnete einen Vaterschaftstest an. Für mich der wahre Horror. Ich hatte insgeheim panische Angst, dass er dahinten in Italien einen anderen an seiner Statt hinschicken würde. Zuzutrauen wäre ihm das, weil er skrupellos und kriminell war, der Herr Carabiniere. Nun ja, das Miststück stammte ja auch Sizilien, da diese Gegend mafiös verseucht ist, wundert mich auch nicht, wenn "er" sich im Stil der Cosa Nostra aus der Affäre zu ziehen versucht. Überhaupt, wer sich dieser Mafia-Taktik bedient, muss schon ein Sicherheitsrisiko in einem solchen Beruf wie Carabiniere darstellen. Schließlich wurde die Vaterschaft anerkannt, der Test wies ihn als Vater aus. Als das Urteil vollstreckbar war, suchte ich mir einen

Gerichtsvollziehen in Italien aus, der sollte aus dem Urteil das volle Geld eintreiben. Allerdings kam er mir dann zuvor und heulte dem Gericht vor, er wollte das in Raten zahlen, in größeren Summen. Hätte seine Hotelerbin ihm nicht die ganze Summe gleich geben können? Die Hotel-Prinzessin hätte es ihm doch geben können, diese superreiche Frau! Hahahaha. Ich will auch nicht mehr drüber nachdenken, habe mich aber geärgert, dass ich die Sache mit dem Gerichtsvollzieher nicht mehr durchziehen konnte, das wäre doch ein Heidenspaß gewesen!

Oh menno, jetzt kriege ich glatt Hunger. Warte mal, koche mir ein paar Kartoffeln ab und mache mir Kartoffelsalat mit einer schönen dicken Bockwurst. :-)

## Kapitel 15

# Freunde und Eltern enttäuschen mich

Zu der Zeit, als Marco ging, hatte ich unendlich viele Freunde, für die ich auch Tag und Nacht im Einsatz war. Ich durfte ständig irgendjemandem Geld leihen, irgendwelche Sachen ausleihen, die ich nie wieder sah oder irgendjemanden irgendwo hin fahren, ja. Fürchterlich viele Freunde hatte ich.

Nun ergab es sich, das Marco zurück nach Italien wollte, selbstverständlich erzählte ich allen davon und hoffte insgeheim, dass irgendjemand einen Rat oder eine Idee hatte, wie man ihn noch in der letzten Sekunde davon abbringen konnte. Vielleicht hätte ja irgendwer von meinen Freunden den gleichen Einsatz gezeigt, den ich immer und ständig für hatte. Hätte jemand von ihnen mit Marco gesprochen? Ihn vielleicht davon überzeugt, es wäre besser, hier zu bleiben? Bei mir zu bleiben? NEIN. Ich hoffte allerdings vergeblich, denn weder ein Rat, geschweige noch eine Frage – nichts von alledem kam von meinen schönen „Freunden". Sie saßen einfach da mit einem hohlen Gesichtsausdruck in ihren Fratzen. Stattdessen war ich fassungslos, welche ungemeine Gleichgültigkeit, ja schon fast Schadenfreude sie an den Tag legten. Ich konnte das kaum glauben, das waren meine

Freunde, für die ich mich ständig aufopfern konnte, die ständig einen Furz quer sitzen hatten, die sich ständig bei mir irgendwelche Sachen borgten und dann nichts zurück brachten... Die grausame Wahrheit hatte ein doppeltes Gesicht! Ich setzte mich Zuhause auf mein Bett und ließ mir alles durch den Kopf gehen. Wie oft ich aber auch alles verglich und ein Rèsumè aus allem zog, das Ergebnis war einfach immer dasselbe. Meine Verzweiflung wuchs damit umso mehr. Ich hatte nicht nur meinen geliebten Mann verloren, nein. In diesem unglaublichen Zusammenhang hatte ich auch meine ganzen Freunde verloren.

Da ich über deren Verhalten so wahnsinnig enttäuscht war, dass sie weder ein Wort noch eine Silbe überhaupt in dieser schweren Zeit für mich übrig hatten, wurde mir gleichzeitig klar, dass ich in meinen Leben eine radikale Säuberungsaktion durchführen musste! Denn was nützen mir falsche Freunde, die mich ständig nur Geld, Zeit oder sonst etwas kosten, für mich selbst aber nie da sind? Ich glaube doch mit gutem Gewissen zu sagen, solche Freunde braucht kein Mensch. Die Frau von meinem Cousin schoss damit fast den Vogel ab. Hatte Nina sich nicht nur mein nagelneues süßes knatschgelbes Kinder-Reisebettchen geliehen, nein. Wie lange ich auch dahinter her rannte, um es wieder zu bekommen. Ja, ich musste schließlich sogar noch Nachforschungen anstellen, weil sie es angeblich „weiter verliehen" haben sollte, Gott wie erbärmlich, sowas überhaupt in der Verwandtschaft zu haben. Natürlich gab das einen Riesenkrach. Später stellte sich heraus, sie hatte mein Kinder-Reisebett einfach verkauft an eine Bekannte. Ja, solche schöönen Freunde hatte ich. Die weder Anteilnahme oder Ratschläge parat hatten, mich dafür beklauten und das mir, wo ich sowieso mit dem Kind alleine da stand. Das Leben kann manchmal so hundserbärmlich sein.

Ich grübelte ein paar Tage und Nächte über meine Situation und kam nach gründlicher Überlegung zu dem Schluss, einen radikalen Schlussstrich unter allem zu ziehen! Weg mit den falschen Freunden, das war mir klar. Ich nabelte mich also in den vergangen Monaten resolut ab und ließ mich nicht mehr blicken bei meinen „guten Freunden", holte mir brachialisch meine ganzen ausgeliehen Sachen zurück und hakte die ganze Bagage ab. Während ich das dann tat, kam es der ganzen Bagage wohl komisch vor, dass sie mich nicht mehr jede Minute für irgendwelche Dienstleistungen beanspruchen konnten.... „Fahr mich mal eben hierhin.... Kannst Du mich mal abholen.... Fahr mal eben mein Auto tanken.... Aus die Maus! Ich ließ dieses Pack hinter mir und war extrem froh darüber. Allerdings hörte ich irgendwann von anderen so ganz hinten herum, dass alle sich beschwerten, weil ich mich so „abgekapselt" hätte. Na ja, mir auch latte, dachte ich mir im Stillen so. Von mir aus könnt ihr denken, was ihr wollt. Glaubt bloß nicht, dass mich das in irgendeiner Weise tangiert.

Nun zu meinen Eltern. Ich hatte die Hoffnung, dass sie Marco aufhalten würden, ihm sagen, er solle bleiben und wir heiraten. Aber auch hier war ich ein armes Wesen allein auf weiter Flur. Ohne Vater und Mutter, denn die hätten alles erdenkliche getan, ihrer schwangeren Tochter in dieser Situation zu helfen. Stattdessen saßen sie da auf ihrem fetten Arsch und alles andere interessierte sie scheinbar, bloß mein eigenes Schicksal ließ sie kalt. Sie machten keinerlei Anstalten, dass sie überhaupt in irgendeiner Weise die ganze Sache mit Sorge betrachteten; ich stellte vielmehr absolute Gleichgültigkeit fest, was mich noch verzweifelter machte.

Ich konnte das alles nicht glauben! Alle Menschen um mich herum ließen mich eiskalt im Stich! Was meine Eltern betraf, so hatte ich sogar teilweise das Gefühl, ein dreckiges Grinsen auf ihren Gesichtern gesehen zu haben. Jede normale Eltern hätten sich an den Tisch gesetzt und mit ihrer Tochter ein Gespräch geführt in dieser Situation. Meine Eltern allerdings schien ohne Zweifel die ganze Sachlage schier am Arsch vorbei zu gehen, ich musste mich ständig kneifen, weil ich diese Situation für so wahnsinnig grotesk hielt, also das Verhalten meiner Eltern an sich. Ich fand es anormal und Sorgen bereitete mir das in der Tat, weil es irgendwie ganz abartig war. Ich dachte darüber fast mehrfach nach, weil ich mir einfach mit keinem Grund ihr Verhalten erklären konnte. Wie lange ich auch grübelte und grübelte, mir fiel keine Erklärung dafür ein. Aber ein Spruch von Marco, der fiel mir dazu ein. Bei Italienern ist die Familie selbstverständlich heilig. Die Eltern sorgen sehr für ihre Kinder, die Mama natürlich noch viel mehr. Die Mama kocht für die ganze Familie. Gäste sind immer herzlich willkommen.

Eines Tages ergab es sich wohl, dass meine Mutter irgendetwas kochte, eine Suppe wohl. Wir waren den ganzen Tag über Zuhause, also ich und Marco. Ich weiß gar nicht, wie wir den Tag vertrödelten, ich glaube, wir hatten Mittags keinen großen Hunger, hatten deshalb auch nichts gekocht und jetzt war also meine Mutter am Kochen. Die Düfte strömten von der Küche bis ins Wohnzimmer rein. Ein Duft von leckerem Essen, der Hunger machte. Zu Marcos und meinem völligen Erstaunen hatte meine Mutter nur für sich und meinen Vater eine Suppe gekocht. Sie saßen uns gegenüber auf der Couch und aßen sich ihren fetten Wamst voll, während ich und Marco, mittlerweile auch Bombenhunger bekommen, ihnen zuschauen durften. Wir waren beide schier fassungslos! Wo gab es sowas? Eltern kochen für sich und setzen sich vor deine Nase, Essen es schmatzend und ich hatte wieder das Gefühl, ein schadenfreudiges Grinsen auf ihrem Gesicht zu sehen. Ich war so wahnsinnig enttäuscht und entsetzt über ein solches Verhalten, ich wüsste gar nicht, wie ich das in Worte fassen sollte. Und eben auf diese Situation hinweisen, fragte Marco mich doch tatsächlich: „Sag mal bist Du eigentlich das Kind deiner Eltern?" Na, jetzt hatte er mich aber mit dieser schon sehr merkwürdigen Frage regelrecht überfahren. Ich antwortete: „Na klar, was denkst Du denn wohl!" Daraufhin Marco: „Ich wäre mir da an deiner Stelle nicht mehr so sicher!" Das ließ noch lange Wirkung zeigen in meinem Kopf und mehr als Grübeln konnte ich wirklich nicht damit. Wie soll ich denn ein völlig abartiges Verhalten von „Eltern" erklären? Meine Eltern waren einfach sehr einfache, saudumme und primitive

Gestalten, die sich wohl keiner freiwillig als Eltern aussuchen würde. Klar. Ich bekam es mal wieder von allen Seiten. Dankeschön, musste ich für alles gerade stehen! Ich verstehe es auch bis heute einfach nicht, warum ich mich nicht schon eher von diesem leidlichen Elternhaus gelöst hatte. Grund war meine Mutter, die alle herumkommandierte wie ein Bundeswehrmajor.

Wie auch immer. Diese Eltern, die zweifellos meine waren und die auch liebend gerne gegen andere eingetauscht hätte, hatten auf jeden Fall eines im Sinn. Dies ging allerdings mehr von meiner Mutter aus, mein Vater hatte ja ohnehin nichts zu melden. Meine Mutter konnte subtile Spielchen treiben, ohne das jemand es so schnell bemerkte, was ihre eigentliche Absicht hinter diesen perfiden Psychospielchen waren. Je länger wir uns kannten, versuchte sie, Marco aus dem Haus zu graulen, ja mir quasi den Mann aus dem Haus zu ekeln. Ich denke, sie wollten einfach kein Geld für eine doch relativ teure Hochzeit ausgeben! So einfach ist das.

Meine Mutter konnte zum richtigen Miststück werden, wenn es darum ging, ihre heimlichen Ziele zu verwirklichen. Sie war ein ständig missmutiger, über gelaunter Mensch. Ich kann mich an keinen einzigen Tag erinnern, dass ich sie jemals lachen sah! Eines Tages ging sie in den Keller, Marco und ich saßen im Wohnzimmer auf der Couch. Plötzlich kam sie ins Wohnzimmer herein, hielt wohl offensichtlich irgendetwas in der Hand, die sie auf dem Rücken versteckte. Plötzlich, blitzartig zog sie ihre Hand aus dem Rücken zurück nach vor und was denkt ihr, was sie aus dem Keller geholt hatte? Eine Waffe! Es war ein Schreckschussrevolver für Silvester, der allerdings täuschend echt aussah wie eine echte Waffe. Mein Vater hatte ihn sich irgendwann gekauft und er wurde mit so Munition geladen, also so bunte Knalldinger. So, meine Mutter hatte also diese Waffe in der Hand, zog sie blitzartig nach vor – ihr glaubt es nie – blitzartig hielt sie Marco die Waffe an die Schläfe. Ich wäre fast vor Schreck so in Grund und Boden versunken, schließlich wissen wir alle, auch so eine Schreckschusswaffe von solcher Nähe abgefeuert, kann tödlich sein. Während ich und Marco erst recht wie vor Schreck erstarrt waren, saßen wir wie versteinert und wagten kaum zu atmen. Meine Mutter lachte wie eine Irre, Marco war leichenblass und ich konnte es einfach nicht glauben. Ich konnte es nicht glauben, was diese Wahnsinnige uns da antat! Als sie den Revolver von seiner Schläfe weg nahm und weiter ins Zimmer ging, immer unter einem Gelache wie eine Irre, hatten wir – also Marco und ich – die Schnauze voll von dieser irren Alten. Ich glaube, wir waren erst mal für den Rest Tages fix und fertig. Ich konnte mich kaum wieder einkriegen und dachte mir so im Stillen, was für ein verdammtes Miststück macht so etwas mit seinem Schwiegersohn? Er Ziel war es, ihn aus dem Haus zu ekeln. Ich kann euch heute auch den Grund nennen, sie hatten keine Lust, Geld für eine Hochzeit auszugeben, auch nicht für die einzige Tochter, deshalb unternahmen sie auch nichts, als Marco ging.

Meine Eltern waren kranke Scheiß-Egoisten, die ständig nur mit selbst beschäftigt waren. Wie herrlich, meine

Mutter hatte das Geld für eine Hochzeit gespart. Weit später kam aber heraus, warum sie mich nicht verlieren wollte! Sie hatte in mir eine kostenlose Putzfrau, die das komplette Haus putze, (ja ich) und diesen Luxus wollte sie nicht verlieren! Wer hat schon eine kostenlose Putzfrau, die nicht nur das ganze Haus putzt, nein dazu auch noch die komplette Wäsche erledigt? Ich war ein kostenloses Dienstmädchen, ein Arbeitssklave für die gnädige Frau. Und so etwas lässt man doch nicht einfach ziehen! Zudem hatte sie andere Pläne mit mir. Ich sollte gefälligst arbeiten gehen, ungefähr 850 DM Kostgeld sollte ich abgeben bei ihr und ja! zusätzlich sollte ich weiter das ganze Haus putzen, die Wäsche machen, Essen kochen.... Oder mit anderen Worten: ich war eine Sklavin, sollte für mein Sklavendasein sogar noch bezahlen! Perfide oder pervers? Ich würde sagen beides. Am Ende triumpfierte meine Mutter, sie hatte sich ihre Haussklavin behalten. Überhaupt, mit meiner Mutter hatte ich schon immer ein denkbar schlechtes Verhältnis. Mit ihr kam das Unglück, denn sie hatte die Angewohnheit, besonders gerne hinter dem Rücken von Leuten Dinge zu arrangieren, die einem sehr Schaden konnten. Sie hat auf diese Weise sehr viel Unheil angerichtet, sie war wie eine schwarze Witwe. Manchmal oder sogar öfter wünschte ich mir, dieser gemeinen und gehässigen Frau nie im Leben begegnet zu sein. Sie hatte eine dunkle Aura.

Normale Menschen können sich sowas wohl kaum vorstellen. Hier wird mir an dieser Stelle auf jeden Fall eines klar: meine Eltern waren einfach schreckliche, eiskalte Egoisten, völlige Ego-Shooter, die nur ihre eigenen Wünsche in die Tat umsetzten. Das kommt wohl teilweise daher, weil deren eigene Eltern sich schier für sie aufgeopfert haben. Ihre Eltern gaben ihnen praktisch ihr letztes Hemd und schränkten sich selbst absolut ein, um ihnen alles zu geben.

Sie hatte mal wieder ihr Ziel erreicht. Der Italiener kam mit dieser Situation nicht zurecht. Kennen die die Mama doch nur als herzensgute Frau, die sich für alle sorgt. Und ich? Ich hatte stattdessen einen gehässigen, alten Drachen Zuhause, die hinterhältige Machtspielchen liebte, die sich groteskerweise auch noch „Mutter" bezeichnete! Weitaus später, versuchte ich ihr Handeln zu analysieren. Was trieb sie dazu, ständig Intrigen zu spinnen und bei irgendwelchen Leuten Unheil anzurichten. Wie wir alle hier schön sehen, habe ich die Handlungsweise meiner Mutter nun anhand dieser Liste verglichen und komme zu dem Ergebnis: meine Mutter ist eine 100 %ige Psychopathin! Solltet ihr auch jemanden in eurem Umkreis haben, der euch eventuell suspekt vor kommt oder der vielleicht auch in diesem Verhaltensmuster eingruppiert werden könnte, einfach die unterschiedlichen Punkte der obigen Liste mal abfragen. Hinsichtlich dieser Persönlichkeit und das Ergebnis lässt garantiert nicht allzu lange auf sich warten! Alle sechszehn Punkte ein Ja? OK, dann seid auch ihr von einem Psychopathen umgeben und solltet höllisch vorsichtig sein Leute! Ich kann euch auch sagen, warum. Solche Leute haben die Angewohnheit, anderen das Leben völlig zu versauen! Doch das passiert immer sehr subtil und hinterhältig. Wenn ihr irgendwann mal dieses hinterhältige Spiel durchschaut, dann ist meistens schon alles zu spät!

Das Glück hatte mir also übel mitgespielt im Leben. Ich war noch zu jung und zu gutmütig, um mich gegen solche Dinge wehren zu können, mich gegen schlechte Menschen zu wehren, die dir übel mitspielen!

Der ungebetene Schwiegersohn, er war weg. Als Marco gerade gegangen war, ließ sie (meine Mutter) einen Kommentar ab, der mich völlig schockierte. Sie sagte total hasserfüllt: „Der hat sich wohl gedacht, der könnte hier das Haus erben, was?" Ich war total schockiert, schlagartig wurde mir klar, dass sie Marco abgrundtief gehasst haben musste. Sie hatte alles sehr subtil angestellt und sich ihre Aversion nicht im geringsten anmerken lassen! Wie kann ein Mensch so verschlagen und heimtückisch sein? Ich meine heimtückisch ist wohl kaum ein Ausdruck für eine solche hinterhältige Verschlagenheit. Gott, ich kann das alles heute noch nicht glauben! Obwohl ich sie bereits kannte und über ihre heimtückischen Intrigen wusste, hatte ich aber auch nicht die kleinsten Anhaltspunkte bemerkt, dass sie Marco buchstäblich hasste. OK, bis auf die Situation mit dem Essen. Aber sonst? Nein! Nicht der Funke von einem Anhaltspunkt! Ich frage mich, wie kann eine Mutter einer schwangeren Tochter den Mann aus dem Haus ekeln, dann noch mit so einem beschissenen Spruch: „Er hätte es nur auf das Haus abgesehen!" Ich war einfach nur noch fix und fertig. Ja, meine Eltern hatten ein Zweifamilienhaus, beileibe nichts großartiges oder pompöses, keine Villa oder dergleichen. Meine Mutter war so eine kranke Psychopathin, dass ihr das HAUS wichtiger war, als das Glück ihrer Tochter. Meine Güte, ich könnte heute noch schreien, wenn ich daran denke. Ich bitte um Verständnis, wenn ich hier und an dieser Stelle meine Mutter als „Miststück" bezeichne, weil sie mir den Mann aus dem Haus geekelt hat. Ich habe sie jahrelang gehasst dafür. Abgrundtief. Mit jedem Jahr stieg der Hass, wuchs zu einem riesigen Geschwür an, dass in mir lauerte. Und ich habe gebetet, dass mir das Leben eine Möglichkeit gibt, ihr das alles heimzuzahlen. Wie bereits erwähnt, natürlich meine ich mit „heimzahlen" keine körperlichen Aversionen, vielmehr etwas schönes subtiles, richtig hinterhältiges, ja ganz in ihrem eigenen Stil. Man fühlt sich dann nicht mehr so machtlos, benutzt oder ausgeliefert. Rache ist eine herrliche Sache. Der Spruch mit dem „Karma strikes back" ist also nicht so grundlos daher gesagt.

Ich hatte im Leben sehr viel Pech. Und auch viel Glück. Wenn ich allen hier an dieser Stelle einen Rat geben kann. Heiratet früh und jung, nabelt euch von euren Elternhaus ab und gründet eure eigene Familie. Glaubt mir, es ist ein fataler Fehler, zu lange Zuhause bei den Eltern zu bleiben. Am Besten mit 18 Jahren oder früher gleich ausziehen Zuhause! Macht euer eigenes Leben, macht eure eigenen Fehler!

So kam es, dass ich als schwangerer Putzsklave meiner Mutter dienen durfte. Die war gnadenlos kann ich euch sagen. Ich musste noch hochschwanger die ganze Wohnung putzen. Einmal, ich erinnere mich, es war

Samstag, ich hatte den ganzen Morgen geputzt, gewaschen und und.... wie verrückt, wohlgemerkt mittlerweile hochschwanger. Ich war völlig kaputt und erschöpft, ich hatte stundenlang durchgearbeitet und war mit meinen Kräften am Ende. Setzte mich auf die Couch, um mich kurz auszuruhen. Plötzlich kam meine Mutter rein und schrie und brüllte mich an, ich sollte gefälligst weiter putzen. Sie war wie eine Furie. Ich war so fertig. Ich sagte ihr, ich wollte eine Pause machen, sie wurde davon immer wütender und brüllte und schrie ich „faules Schwein" solle gefälligst weiter putzen. Mir kamen die Tränen in die Augen, weil ich so erschöpft war und kaum weiter machen konnte. Ich musste aber, weil sie neben mir stand und tobte, wie eine Wahnsinnige. Dann musste ich weiter machen und schwere Wäschekörbe in den Keller schleppen, Staubsaugen. Mir liefen die Tränen über das Gesicht. Ich war einfach nur fertig. An dem Punkte dachte ich am Abend im Bett, ob sie etwas bestimmtes mit dieser Sklavenarbeit verfolgte. Ich hatte die Vermutung, dass sie mir eine Fehlgeburt provozieren wollte, denn ein normaler Mensch lässt doch keine Schwangere über sechs bis sieben Stunden schwere Arbeit ohne Pause verrichten. Als wir das alles überlebt hatten, mein Baby und ich, habe ich mir eines geschworen! Eines Tages werde ich dir das alles heimzahlen! Denn bekommst du alles zurück. Nichts kommt von NICHTS.

# Kapitel 16

# Schlaflose Nächte

Wieder eine schlaflose Nacht, die mich quält. Egal, wenn irgendwo eine Katastrophe eintritt oder es mir anderweitig schlecht geht, ich denke zuerst an MARCO. Ich frage mich, wie es ihm geht? Wäre es nicht besser, ich würde keinen Gedanken daran verschwenden? JA. Wie fühlt sich ein Mann, dessen einzigen Sohn er nie im Leben gesehen hat? Hat er das alles ausgeblendet? So wie es meistens die skrupellosen Menschen tun, die jemandem etwas angetan haben und denken, lass' nur genug Zeit verstreichen und es wird schon vergessen sein! Fühlt er Schmerz? Fühlt er Trauer? Vielleicht sogar Sehnsucht? Ich kann mich kaum in ihn hineinversetzen, so viel ich mich auch bemühe. Völlig unmöglich! Trotzdem versuche ich es immer wieder und wieder. Ich vermute, er wird mir gegenüber Wut empfinden. Seine Schuld wird er sich wohl nicht eingestehen, bzw. Wird sich andere plausible Ausreden suchen. Er spielt sich doch immer noch so auf, als hätte ich, ja ICH ihm seinen Sohn gestohlen. Wohlgemerkt: ich muss es mir immer wieder vor Augen halten... dieser Mann hat mich damals schwanger verlassen und ist zurück in Italien schon kurz darauf mit einer anderen Frau zusammen gezogen. Leider habe ich das erst 30 Jahre später heraus bekommen – durch einen blöden Zufall! Frau Milanossi, die Miterbin des Hotelclans Milanossi, den das Hotel New York in Assisi gehört (mein Gott wie grotesk!) hatte dabei NULL Skrupel, einem ungeborenen Kind den Vater zu nehmen! Beide abgebrüht wie Höllenhunde. Wahrscheinlich der gleiche Charakterschlag. Er: geldgeil und skrupellos. Sie: in diesen Breitengraden nennt man solche Leute üblicherweise "die, die über Leichen gehen."

Ich frage mich inbrünstig, was würde denn passieren, wenn der Satansbraten heute vor mir stehen und mich anbetteln würde, zu ihm zurückzukehren? Meine hypothetische Antwort: "Ja, gerne Schatz. Habe doch nur auf dich die ganze Zeit gewartet. So wie es mir dein Bruder Gabriele einst aufgetragen hat. Mit Kommandoton und Befehlsgewalt kraft seines sizilianischen Sippenzwanges. WAS? Habe ich einen an der Waffel? Habe ich das wirklich gerade geschrieben? Himmel! Gut. Dahinter steckt natürlich ein gut ausgeklügelter Plan. Klar würde ich das auf mich nehmen! Wie schön wäre es, diese Welt der Marta Tiziana Milanossi einfach zu zertrampeln wie ein Elefant im Porzellanladen. Übrigens darf ich getrost den Namen öffentlich nennen, da es sich bei der Frau auch um eine öffentliche Person handelt. Habe erst mal gründlich bei meinem Anwalt erkundigt vorher. Denn stell' Dir mal vor! Männer kommen auch in die Midlife-Crisis. Die Frau ist nicht mehr attraktiv mit ihren Fettschichten und Sauerkrautstampfern, die Kinder bis auf einen Teenager aus dem Haus. Da bricht die erste Lebenskrise aus. Wahrscheinlich kommen dann noch Potenzprobleme dazu. Der kleine Willi will ihm nicht mehr so ganz gehorchen? Oder eher das Gegenteil? Vielleicht sexuell überdreht in Anbetracht der letzten Blütezeit? Da er schon immer skrupellos war, würde ihm der Gedanke zu seiner zweiten Frau zurückzukehren, immer verlockender erscheinen? Für mich ein klarer Fakt unter einer ganz besonderen Prämisse: sollte nämlich das Hotel irgendwann Pleite gehen, da seine Frau ja voll haftet, auch mit ihrem Privatvermögen, ja dann könnte ich mir gut vorstellen, dass der Herr einen fliegenden Fahnenwechsel vorziehen würde. Er wird irgendwann einen Punkt kommen, wo er JA sagt! Ist er mir nicht schon einmal ins Netz gegangen? Den gleichen Fisch gleich zweimal an der Angel zu haben, ist ein schönes Kunststück, das ich mir durchaus zutraue. Es ist nur eine Frage der Zeit.

Ich bin so ratlos. Verpeilt. Und dann: steht es mir etwa nicht zu, Rache zu nehmen? So mehr ich mich auch bemühe, alles nieder zu schreiben, die Fragen bleiben am Ende offen! Ja, was denn? Habe ich noch Selbstachtung? OK, das kann ich klar mit "JA" beantworten. Ich weiß, das klingt jetzt wieder wirr, aber wie soll ich euch sonst meine schreckliche innere Zerrissenheit näher bringen? Mein Herz aus Glas, gebrochen ist das! In 1000 Glasscherben zerschellt, zwar wieder geflickt und notdürftig zusammengeklebt, doch mit zu vielen Rissen.

Der Schmerz, dass Du Miststück mein Leben lebtest, meine Kinder bekamst, meinen Mann nahmst!! Du Miststück hast mir meine Lebenszeit gestohlen, mein Glück, mein Ein und Alles. Oh sei sicher, ich hoffe nur, es kommt genügend

Geld durch den Verkauf des Buches zusammen, denn dann wird mein allerschönster Lebensabschnitt beginnen! Ich werde erst mal sehen, dass dieses Miststück vor mir ein großes Geschenk erhält. Ich bin da besonders großzügig, denn ich begleiche meine Rechnungen nur zu gerne. Ich stelle mir nur vor, was wäre wenn dieses Hotel irgendwann einmal Pleite ginge? Es ist ja nicht billig, so ein Hotel zu betreiben, dass noch dazu etwas altmodisch daher kommt und gigantischen Renovierungsbedarf hätte, zumindest in meinen Augen. Also ich würde zumindest in keinem altmodischen Schuppen absteigen, wenn es schon massig tolle Hotels in der Stadt gibt! Schließlich will man doch das Beste für sein Geld und nicht das Schlechteste. Ist nun mal so. Aus meiner Sicht würde ich MARCO schon als geldgeil bezeichnen. Da komm' ich einfach nicht umhin, wenn ich die Fakten zusammen zähle. Es darf sich ja jeder gottseidank seine eigene Meinung bilden und das tue ich ohne Umschweife. Überhaupt, Teresa, diese Dreckschlampe hat weder Stil noch Klasse! Die andere Frage, die ich mir unglücklicherweise stellen muss, "wird es diese ekelhafte Frau auch richtig treffen, wenn ich ihr im Alter den Mann nehme oder tue ich ihr womöglich noch einen Gefallen damit? Ich habe ihr Gesicht genau betrachtet. Meine Güte, selten habe ich ein Gesicht gesehen, das so viel Härte und Verbitterung zeigt. Ja, ich denke, dieses Miststück hat einige mitgemacht. Dürfte ja in Anbetracht dieses Mannes mit seiner Vorgeschichte auch nicht anders möglich gewesen sein. Ich bin mir auch sicher, dass er ihr irgendwann einmal folgenden Satz vor den Latz geknallt hat: "Ich habe die Falsche genommen!" Einen

Hinweis fand ich in ihrem Facebook-Profil. Ein Urlaubsfoto, die gnädige Frau und Hotel-Prinzessin mit Billigshirt, so billig wie ihr Charakter, pfui bäh. Mir wird schlecht. In 1000 Jahren werde ich immer wieder die gleichen Fragen stellen. "Wie skrupellos kann ein Miststück wie sie nur sein?" Jeden Tag stehe ich auf und frage die gleiche Frage: "WARUM? Warum hat sie mein Leben zerstört? Dachte sie, ich sitze hier wie ein Opferlamm und lasse das alles über mich ergehen? Oh nein, meine Güte, ich werde Dir alles heimzahlen!" Wie steht es schon in der Bibel? Auge und Auge, Zahn um Zahn. Ich wünschte mir so, ihr könntet mir alle Tipps geben, was ich machen soll! Wenn ich daran denke, dass MARCO relativ eitel war und nur teure Markenkleidung trug und ich auch top gestylt und angezogen sein musste, da packt mich doch das kalte Grauen, wenn ich diese Frau sehe. Sie kleidet sich entweder wie ein Zirkusclown oder in Oma-Klamotten! Grauenhaft! Man sieht die Hotel-Prinzessin in billigen Klamotten, womöglich vom Wühltisch? Meine Güte, dass der sich mit der überhaupt auf die Straße traut! Naja, nicht umsonst musste sie wohl öfter alleine in Urlaub fahren. Und MARCO, ich meine der MARCO, bei dem ich noch in der Schwangerschaft eine Diät machen musste, weil er Angst hatte, ich würde zu fett – ja genau dieser MARCO würde doch nicht mit so einer dermaßen fetten Ehefrau irgendwo Strandurlaub machen, oder? Wie gesagt, alles bei facebook gelesen, dass sie wohl öfter alleine in Urlaub fahren musste. Wie kam ich darauf? Ein Kommentar unter dem Urlaubsfoto lüftete das Geheimnis. Neben den harten Gesichtszügen hatte die Männerdiebin noch herbe, tiefe

Krähenfüße um die Augen herum, die Haut wirkte fast dick wie Leder. Freue mich da total drüber! Meine Haut ist jedenfalls frisch und ohne Falten, obwohl ich ja deutlich älter bin als sie. Tja, scheinbar gibt es doch noch eine himmlische Gerechtigkeit auf Erden. Danke, tausend dank. Ha! Der Mensch muss ja zwangsweise auch mal ein bisschen Glück haben, was? Schön, dass ich die Sonne gemieden habe, so blieb meine Gesichtshaut zart wie ein Kinderpopo. Nicht zuletzt schwöre ich auf meine Bananenmasken. Davon erhält die Haut schöne Spannkraft und wirkt wieder jung. Das ist ein einfaches Rezept, das ich zufällig erfand, weil mir eines Tages meine Gesichtspackung ausging und ich gerne mit Gesichtspackung in die Badewanne gehe. Da habe ich mir einfach eine reife Banane mit der Gabel zerquetscht, bis alles ein Brei war und auf das Gesicht aufgetragen. Eine halbe Stunde einwirken lassen und mit lauwarmen Wasser abwaschen, danach normale Tagespflegepräparate benutzen. Man sieht förmlich, wie die Haut sich gestrafft hat. Eine tolle Sache und so preiswert! Also jeder kann etwas für sein Aussehen tun, wenn er nur will! Ja, ein ganz einfaches Schönheitsmittelchen, das ich jedem ohne Nebenwirkungen empfehlen kann.

Wo waren wir stehengeblieben? Ich würde mir so wünschen, ihr könntet mir tolle Vorschläge für Racheaktionen machen! Vielleicht habt ihr da noch ein paar tolle Ideen für mich auf Lager? Super. Dann schaut im Buch hinten auf der letzten Seite nach, denn dort werde ich eine facebook-Gruppe veröffentlichen, wo ihr das machen könnt. Ich wollte schon immer mal so gerne ein interaktives Buch schreiben, ein Traum geht in Erfüllung! Da können wir uns bestimmt auch mal treffen :-) Klar, ist es schon wieder mitten in der Nacht! Jesus. Wieviel Uhr? 01.42 Uhr! Ich habe seit einem Jahr gigantische Schlafprobleme. Ich werde nachts mehrfach wach. Da ich in solchen Momenten früher immer völlig verzweifelt war, weil ich jedes Mal prompt an MARCO denken musste, fing ich an, alles nieder zu schreiben. Die Verzweiflung trifft mich dann so hart wie damals, als er ging. Es ist schwer, mit einem Schicksalsschlag fertig zu werden! Ich bin offensichtlich nicht dazu geboren. Insgeheim wehrt sich alles in mir. Ich möchte kein Opfer mehr sein! Andere würden es Karma nennen. Meine geschundene Seele lechzt förmlich nach Rachsucht! OK, will mal schauen, ob ich etwas schlafen kann. Mache ab morgen eine Diät. Es muss ein straffer Beautyplan her. Dazu gehört auch ein Facelifting in der Schweiz. Ich glaube, ich freue mich wie irre drauf! Ganz toll. Etwas Fett absaugen, das wäre noch drin. Da ist noch was zu tun. Ich möchte wieder die alte sein. Schöne Kleider, sich selbst wieder lieben.

Oh Gott! Heute habe ich doch tatsächlich meinen neuen Chat-Schwarm vernachlässigt. Wollte doch mit dem chatten, menno! Ja und ratet mal, was der Gute beruflich macht? Bingo. Er ist bei der "hüstel" gesetzlichen Obrigkeit in Italien, mehr verrate ich nicht. Ich nenne ihn öfter mal "James Bond", weil sein Job auch gefährlich ist. Fährt ein chices und mega-dickes BMW Cabrio, neu natürlich! Oh irre supertolles Auto. Das muss ich zweimal schreiben:

mein neuer ist P......... aus Italien! Ja, er sieht chic aus. Eben wie James Bond.

Ich muss dazu sagen, in MARCO war ich anfänglich gar nicht verliebt. Aber nicht die Spur! Ich weiß noch, wie er sich förmlich zum Affen machte. An dem Tisch, an dem wir zum ersten mal saßen, waren mehrere Personen. Ja, er wollte meine Aufmerksamkeit wohl bekommen, zum Deuwel komm raus! Ich fand es schon relativ makaber, hatte so etwas auch noch nicht gesehen. Wie das aussah? Na, er benahm sich wie ein Äffchen. Erzählte irgendwelchen Quatsch mit Grimassen und lachte völlig aufgesetzt dabei. Ja, er redete förmlich wie ein Wahnsinniger auf mich ein! Vielleicht hat mir das imponiert? Oder hatte ich an dem Abend einfach nicht mehr alle Tassen im Schrank? Egal. Ich geh' jetzt ins Bett. Gute Nacht, hoffe ihr schlaft alle gut. Betet bitte für mich, dass mir meine Rache gelingt! Leute. Hat euch jemals im Leben einer Unrecht getan? Dann schaut's, dass ihr euch rächt an dem Untier! Nur ein Stein fühlt keinen Schmerz! Scheiße. Ich grüße auch die widerwärtige Hotel-Prinzessin, Männerräuberin aus Italien und wünsche ihr schöne Alpträume und zahlreiche schlaflose Nächte. Gute Nacht!

03.54 Uhr! Schon wieder da! Pipi machen. Oh Gott nein!

05.11 Uhr. Hals ist trocken! Wach. Und der erste Gedanke? Wie hätte ich eigentlich heißen müssen? Ich male auf Papier H C. Oh menno, doch beim Betrachten habe ich auch keinen Glücksflash! Ich überlege. Kaffee kochen oder weiter schlafen? OK, schon wieder auf Toilette, ich sollte weniger von dem Mineralwasser trinken, das treibt. Also erst mal Pipi machen. Mein Programm danach? Weiter schlafen, ganz einfach! Fertig, aus die Maus!

# Kapitel 17

# Jahre voller Qualen – meine Selbstzerstörung

Ich glaube, als ich die Hoffnung verlor, dass Marco jemals zu mir zurückkommen würde, ging es mit mir bergab. Ich brauchte eine Zeit, um das zu realisieren! Ich lebte in einer Art Wolke oder Vacuum, nicht alles drang zu mir heran. Ich hatte eine gewisse Immunität gegen Schmerzen entwickelt; ich meine körperliche Schmerzen. Das machte mir Angst. Stell Dir selbst einfach vor, Du registrierst einen Schmerz zwar noch sehr leicht, weißt aber, das es tausendmal mehr wehtun müsste. Die Jahre verschwanden in einem schwarzen Loch. Ich existierte. Ich lebte aber nur, um meine Aufgabe als Mutter bewältigen zu können. Marco hatte am 16.09.1985 meine Widersacherin geheiratet, elf Tage vor dem zweiten Geburtstag meines Sohnes. Ich glaube, hätte ich das damals schon gewusst, würde ich heute nicht mehr leben. Das hätte mir komplett den Rest gegeben, obwohl ich ahnte, dass das Band zwischen uns zerschnitten war.

Hinzu kamen brachiale Doppelbelastungen, das heißt ein Vollzeitjob im Büro, immer wieder mit der Zeit um die Wette rasen, den Kleinen zum Kindergarten abholen und hinbringen. Der Spagat mit Arbeitszeit. Gott ja. Ich hatte zwar Gleitzeit, aber komme mal nur zehn Minuten später, weil man im Berufsverkehr im Stau stand, ja da gab es großen Klärungsbedarf. Klar musste ich mich entschuldigen, dass ich den Kleinen erst zum Kindergarten bringen musste, was zum Glück dann auch kein Thema war. Ich liebte meinen kleinen Sohn abgöttisch. Er war ein süßes Kind. Das Geld, was der Job einbrachte, war mir völlig egal. Mich interessierte nichts mehr, ich ging auch nicht mehr raus in die Disco oder so. Männer interessierten mich schon gar nicht. Diese innere Leere in mir wuchs gewaltig und füllte immer mehr Raum. Das einzige, was mir noch Freude machte, waren unsere Urlaube.

Als ich den Job verlor, fing der Abstieg an. Ich fing an zu trinken. Am Anfang war es Wein zur Pizza, dann später konnte ich gut eine Flasche am Tag trinken. Wie gesagt, die Urlaube waren für mich die einzige Möglichkeit, alles zu vergessen und mein ohnehin stark angeschlagenes Nervenkostüm wieder ins Gleichgewicht zu bringen. Frei sein, das ganze auch im Kopf streichen, ausmerzen, eliminieren!

Unser erster Urlaub auf Teneriffa tat mir so gut. Mein Kind hatte so viel Spass im Pool herumzuspringen, ich war so glücklich. Teneriffa ließ mich vieles vergessen. Ich wäre am liebsten nie mehr nach Hause geflogen. Drei Wochen Spanien, in der Sonne liegen, ich und mein Kind alleine ohne eine keifende Alte (Sorry Mutter, Du bist einfach nicht kompatibel mit meiner Welt), ja - das war wunderbar. Wir waren direkt im englischen Viertel von Playa de las Americas und da war die Hölle los. Mein lieber Scholli, das

Hotel hatte weiß ich nicht wieviel oder wie oft verglaste Fenster, aber es waren mindestens vier- oder fünffach verglaste Scheibe. Doch wenn im englischen Viertel nachts Partytime war und das meine ich jetzt wirklich ernst, dann bebten die Scheiben richtig von der lauten Musik. Ich meine, die vibrierten richtig von der lauten Musik. Der helle Wahnsinn! Ach, wie schön war die Zeit! Ich lag in der Sonne, etwas weiter ab, meistens am Ende der Anlage, hatte einen Blick aufs Meer dabei. Ich konnte stundenlang in der Sonne liegen, als versuchte ich förmlich, damit die eisige Kälte in meinem Herzen zu schmelzen. Ich wurde schnell richtig braun, sonnte mich vor allem Oben-Ohne. Dort am Strand war das keine Seltenheit. Ich hatte durch die Schwangerschaft schon gewaltig große Brüste bekommen, was wohl Männern irgendwie ins Auge stach. Eine Supergröße! Hanni und Nanni waren mein ganzer Stolz (so habe ich sie scherzhalber genannt). Wie ich also in meinem abgelegenen Gartenteil auf der Sonnenliege lag und mich sonnte, wurden meine Brüste auch knackig braun. Hanni und Nanni waren zur Höchstform aufgelaufen und schrien mich immer wieder an, wie langweilig doch ihr Dasein war! Auch im Bikini machte ich eine Superfigur. Zwar nicht dürre wie ein Model, aber mit so richtigen Kurven, die einen Ferrari vor Neid erblassen konnten!

Eines Tage sonnte ich mich mal wieder in der bekannten Art. Mir fiel urplötzlich auf, dass ein Kellner draußen herumlief und wohl so tat, als würde er die Tische abwischen. Hanni und Nanni schrien mich an "Was zur

Hölle treibt dieses Monster da!" OK, Oben-Ohne als Sexbombe in Spanien, kann das gutgehen in Spanien? Mir war das völlig egal. Ich beobachtete den Kerl durch meine zusammengekniffenen Augen. Der Kellner schaute aber auch ständig zu mir hinüber. Das sah doch schon ziemlich bescheuert aus! Er wischte über die Tische, aber den Blick wie ein hypnotisiertes Eichhörnchen ständig zu mir fokussiert. Hilfe, zum schreien komisch! Ich machte mir noch einen richtigen Spass daraus und cremte meine Brüste ein mit Sonnenmilch! Hanni und Nanni fanden das auch total klasse und brüllten den Kerl von weitem an. Na die Verzweiflung im Blick des feurigen Spaniers hättet ihr sehen müssen! Na ja. Ich sonnte mich weiter, hielt ihn aber im Auge. Oh. Er kam immer näher. Ich dachte so "Nee ne!" Und tatsächlich! Wie ich noch dachte "der wird doch nicht...," passierte es doch. Er kam immer näher, wischte so fleißig und mit einer schieren Leidenschaft die Tische ab, dass es eine Freude war, ihm dabei zuzuschauen! Huh. Wie der mir immer so auf die Brust starrte, der Gesichtsausdruck erinnerte mich daran, als hätte jemand einen voll dekorierten amerikanischen Weihnachtsbaum betrachtet, mit dieser ganzen Pracht. Jesus, als hätte der noch nie eine weibliche Brust gesehen! Ich nahm schnell mein Bikini-Oberteil und legte es auf meine Brüste. Na ja. Spätestens da ist mir wohl aufgefallen, dass Männer mich ganz schön attraktiv fanden.

Tagsüber hielt mein Kleiner mich voll auf Trab, wenn er nicht im Pool tobte (und ich war heilfroh, dass das Kind schon früh sein "Seepferdchen" im örtlichen

Schwimmverein gemacht hatte), hielt mich das Kind mit seinen Sonderwünschen auf Trab. Obwohl wir all-inclusive hatten, musste er unbedingt eine ganze Fresstüte von McDonalds haben. Er hatte so einen Hunger darauf, mein Augenstern! Also ging Mutter in der prallen Mittagshitze los, um fünf Stunden in der Schlange bei McDonald zu stehen. Die brütende Hitze war wirklich extrem. Ich hatte Angst, dass mir unterwegs die Flipflops schmolzen auf dem Asphalt. Dann saß er da, mein kleiner Zwerg und konnte richtig was verputzen von dem Fastfood-Zeugs. Dunkle Haare hatte mein Kind und grüne Augen, so wie der Vater und braun war der geworden! Kein Wunder, dass ich jeden Tag immer wieder an Marco erinnert wurde.

Abends ging ich oft mit dem Kleinen an die Bar, die an den Aufenthaltsraum integriert war. Der Kleine spielte mit anderen Kindern, die alle eine andere Sprache sprachen und hatte einen Heidenspaß! Nette Leute waren meistens da, man kam mit allen schnell ins Gespräch. Eines Tages kam ein Mann hereinspaziert, ein Spanier im teuren Anzug, ein Bild von einem Kerl. Die Haare hatte er mit Gel streng nach hinten frisiert, die Augen feurig schwarz. Der Teufel persönlich hätte nicht besser aussehen können. Alle grüßten ihn ehrfurchtsvoll, was mich völlig irritierte. Ich fragte meine Gesprächspartnerin, ob sie wisse, wer das sei. Die antwortet mir auch gleich. "Der Hotelbesitzer!" Na das ist ja ein Ding, dachte ich mir im Stillen! Genau in der Minute, als ich ihn sah, traf mich auch schon der Blitz. 5.000 Volt zuckten durch meinen Köper und Hanni und Nanni schienen ihn auch zu mögen, weil sie sich ganz unverblümt ins Rampenlicht drängen wollten. Ich war regelrecht geschockt. Sowas hatte ich auch noch nicht erlebt. Das mich ein Mann auf Anhieb fasziniert! Ich fand ihn umwerfend. Sensationell! Für den hätte ich sogar Marco stehengelassen! Ich beobachtete ihn klammheimlich aus den Augenwinkeln heraus, musterte ihn. Mir fiel auch auf, dass er mich öfter ansah. Allerdings war ich nicht so sicher, ob er mir in die Augen sah (Quatsch, natürlich tat er das!) oder ob Hanni und Nanni wieder mit ihrer burschikosen Vordrängelei die Aufmerksamkeit auf sich zogen! Dieser Blick aus diesen dunklen Augen brachte mich zum Träumen! Von jetzt an kramte ich meine heißesten Sommerklamotten heraus, überlegte schon den ganzen Tag, was ich abends anziehen sollte.

Im Gesellschaftsraum war abends immer eine hinreißende Animation. Einmal war da so ein Clownpärchen, die alberten erst mit einer Show herum, dann fingen sie an, von jedem Gast den linken Schuh einzusammeln. Die wurden alle auf einen wilden Haufen geschmissen und noch richtig durcheinandergewürfelt. Auf "Go" durften gefühlte hundert Mann losstürzen und im Schuhberg nach ihren eigenen Tretern suchen. War das einen Gaudi! Die Leute rannten herum, wie kopflose Hühner und kramten wie die Irren nach ihren Schuhen. Alles lachte und man kam sich so näher. Man lernte wieder neue Leute kennen. Ich fand das grandios.

Eines abends war ich wieder an der Bar. Genau an diesem Abend kam er auch. Der besagte Hotelbesitzer erschien wieder. Als ich ihn sah, traf mich doch wieder der Blitz. Er sah mich auch prompt an und ich war sprachlos, als unsere Augen uns trafen. Ich musste mich förmlich zusammenreißen, weil ich innerlich absolut aus dem Häuschen war. Alles kochte und brodelte in mir. Hanni und Nanni waren auch völlig konfus. Ich hatte die Liebe auf den ersten Blick gefunden. ICH? Und was war mit dem anderen Part, dazu gehören bekanntlich immer zwei! An diesem Abend kam er zu mir. Als er direkt auf mich zukam, dachte ich noch so "Oh Gott, wo geht der denn jetzt hin? Steht neben mir vielleicht irgendeine attraktive Frau?" Ich sah mich nach rechts und links um. Dann stand er schon bei mir. Mit einem umwerfenden Lächeln im Gesicht sprach er mich an. Ich weiß gar nicht mehr genau, was er sagte, ich hatte nämlich kein Gehirn mehr. Meine Eierstöcke und Hanni und Nanni hatten das Gespräch an sich gerissen und amüsierten sich köstlich. Er konnte gut Englisch sprechen. Wie es sich gehört und wer weiß, wie man das Herz einer Mutter gewinnt, fragte er mich, ob der Kleine mein Sohn wäre. Kunststück, ich trug keinen Ehering, da musste diese Frage wohl kommen. Männer sondieren ja immer schnell die Front. Ich sagte ja und er beglückwünschte mich, was für einen süßen Sohn ich hätte. Ich freute mich ja wie irre, dass er so kinderlieb war. Wir unterhielten uns eine Weile und wir beide genossen das Gespräch. Ich konnte ja nicht anders, als ihm immer in diese wundervollen dunklen Augen zu blicken! Jesus, ich hätte direkt sterben können bei diesem Anblick! Als er ging, schwebte ich noch auf Wolke sieben! Alles in mir war aufgewühlt und mein Gehirn ratterte. War er verheiratet? So ein Kerl muss doch verheiratet sein! Und ja, das war er!

Und ja, das brachte mich ins Grübeln. Er war schon etwas älter als ich, ein typischer stolzer Spanier, so war er, der Hotelbesitzer. Als wir uns ansahen, spürten wir diese Chemie zwischen uns. Er wird bestimmt auch gedacht haben, wie kann eine blonde Frau mit blauen Augen so ein südländisch aussehendes Kind haben? Grübeln Männer über solche Sachen? Die alles umfassende Frage lautete: wie weit würde er gehen? Ein verheirateter Mann, Besitzer von einem florierendem Luxus-Hotel hatte sich ausgerechnet in mich verknallt? Würde er mir den Hof machen? Gab es ein Happy End in meinem Leben? Das war der Tag, an dem ich aufblühte und Marco komplett vergessen hatte. Überhaupt, ich war schon immer ein Fan des mediterranen Lebens und wollte immer irgendwo am Strand leben. Sollte sich dieser alte Traum nun erfüllen?

Kurz darauf saß ich abends alleine auf meinem Balkon bei einer Flasche Wein. Der Kleine schlief bereits tief und fest. Die Anlage war wie leer gefegt. Die Pumpenanlage des Pools rauschte so durch die Nacht, als würde sie eine Melodie für Verliebte durch die lauwarme Sommerluft stampfen. Die Palmen wiegten sich zart zur Melodie, fast, als würden sie zärtlich nach einem Liebeslied tanzen. Unser Balkon war zum Glück relativ weit unten. Dann sah ich ihn plötzlich. Mein Herz klopfte wie verrückt, schlug mir fast bis zum Halse raus. ER kam! Ganz gemütlich schlenderte er, dieser traumhafte Mann mit einer Lässigkeit auf mich zu, die mir den Atem nahm! Der Hotelbesitzer, ich dachte gleich so bei mir "Der kommt doch wohl nicht zu Dir? Das glaubst Du doch nicht wirklich!" Und doch, so war es dann. Wie immer im chicen Anzug, die Haare streng frisiert und ziemlich viel Feuer in den Augen – das war ein Mann, wie gemalt. Und der kam zu mir an den Balkon in lauschiger Nacht! Hanni und Nanni schrien schon wieder obszöne Sachen und stellten obskure Forderungen an mich. Ich war innerlich über diesen überraschenden Besuch so aufgewühlt, fast so wie zwei Nächte zuvor, als ich zu später Stunde mit meiner neuen Freundin, die auch ganz flott drauf war, nach dem Konsum einer mörderischen Flasche Sangria plötzlich Lust hatte, in den Pool zu gehen. Und das war VERBOTEN, nach den Hausregeln jedenfalls. Wir waren allerdings ganz leise, um keine Gäste zu stören. Allerdings hatte meine neue Freundin die geniale Idee, doch Oben-Ohne zu schwimmen, weil ja eh kein Mensch da war. Natürlich hatten wir einen Heidenspaß, Oben-Ohne im Pool herumzuschwimmen! Das war supertoll. Und ja, natürlich dauerte es nicht lange und der Wachdienst tauchte auf. Wir sagten allerdings, das wir nicht rausgehen würden, wenn dann müsste er uns schön persönlich aus dem Wasser holen! Und wer kam dann? Ihr glaubt es nicht! Mein neuer Schwarm, der Hotelbesitzer kam und leistete uns etwas Gesellschaft am Beckenrand. Ich war natürlich voll geflasht und er lachte mit uns. Natürlich durften wir noch länger im Pool bleiben! Das war natürlich super aufregend. Klar kam noch, was unvermeidbar war. Meine neue verrückte Freundin lud ihn auch gleich ein, mit ins Wasser zu kommen! Oh nee Du. Das wäre doch wohl zu offensive, ein verheirateter Hotelbesitzer, der nachts mit barbusigen Frauen im Pool schwamm? Das könnte sich selbst der

Größte Gott nicht erlauben, man muss ja auch an seinen Ruf denken.

Aber zurück zum Balkon und meinem Galan. Also stand er vor mir und wünschte mir einen guten Abend. Ich erwiderte den Gruß. Wir sprachen über das herrliche Wetter und ich bemerkte, dass ich gerade ein Glas Wein trinken würde und lud ihn kurzerhand ein, ein Glas mitzutrinken. Ich machte mir zwar keine großen Hoffnungen, war darum umso mehr überrascht, als er das Angebot annahm. "Aber gerne Seniora. Zu einem Glas Wein sage ich nicht nein. Besonders nicht in Gesellschaft einer so charmanten Dame!" Ein Gentlemen durch und durch! Dummerweise hatte ich nur ein Weinglas, also musste er wieder zurück ins Hotel, um sich ein Glas zu holen, dabei brachte er eine Flasche eines ganz besonderen Weines mit, ein Cháteau Mouton Rothschild Pauillac AC, 1er Cru Classè, Magnumflasche. Die Flasche dürfte fast an die 2.000 € kosten. Wir setzten uns beide auf den Balkon, genossen den traumhaften Wein. Die Nacht brachte einen dunklen, fast animalischen Himmel hervor, jedoch die Sterne glitzerten und glänzten wie ein Feuerwerk am Horizont. Mein Traummann saß neben mir! Nach dem zweiten Glas Wein nahm er meine Hand.

"Kein Ehering?"

"Nein, kein Ehering! Warum?"

"Oh ich dachte, wegen dem Kind...."

"Ach so, ja ähm. Das ist eine tragische Geschichte!"

"Oh, wenn Sie darüber nicht reden möchten, Seniora....!

"Aber nein."

"Sie sollen wissen, ich möchte Sie nicht dazu drängen..."

"Ich schätze es, dass Sie ein Benehmen wie ein richtiger Gentleman haben!"

"Danke, das ehrt mich sehr."

"Sein Vater starb bei einem tragischen Autounfall. Seitdem lebe ich alleine."

"Oh, das tut mir leid Seniora. Ich muss Ihnen mein tiefstes Mitgefühl ausdrücken!"

"Danke, ich bin jetzt nach langer Zeit darüber hinweg."

"Und Sie? Verheiratet?"

"Nun ja, leider muss ich sagen. Es ist leider nicht mehr viel übrig von dieser Ehe. Wir gehen getrennte Wege. "

"Oh, das tut mir leid für Sie!"

"Ach, das muss es nicht. Aber eine Tragödie ist es allemal!"

"Ich verstehe. So wie meine Tragödie, nur etwas komplizierter?"

"Das könnte man tatsächlich so sagen!"

"Aber lassen Sie uns von schöneren Dingen reden. Haben Sie sich schon einmal Halsüberkopf verliebt?" Ich wusste, diese Frage war rein provokant!

"Ja, das habe ich. Gerade jetzt, in diesem Moment!" Und im gleichen Atemzug nahm er galant meinen Hand und küsste sie. Ich wurde knallrot. Hanni und Nanni fingen schon wieder an, dummes Zeug zu reden, wollten partout wieder im Mittelpunkt stehen!

Wir lachten uns an und sahen uns tief in die Augen. War das einen tolle Nacht. Wir hatten einen wunderschönen Abend und alles kam, wie es kommen musste.

Irgendwann war der schöne Urlaub zu Ende. Ich wollte nicht nach Hause. Die ganzen Erinnerungen lauerten dort auf mich. Ich wollte in Spanien bleiben, basta!

Zuhause angekommen ging das Elend noch schlimmer los. Ein Ort, der schier verflucht war; aus mehreren Gründen. Auch dieses alte, keifende Monster (andere nennen "es" Mutter) ging mir wieder gehörig auf die Nerven. Sie mischte sich ungefragt in alles ein, machte mir ständig Vorschriften, auch was die Kindererziehung anbelangte und trieb mich schier zur Weißglut. Und wenn es um meinen Sohn ging, da hörte der Spass auf. Da konnte ich wie jede Mutter zur absoluten Hyäne werden! Mit anderen Worten: die Alte war unerträglich. Sie nahm sich jede Menge Frechheiten heraus, klaute Wäsche von dem Kleinen von der Wäscheleine, ich suchte mich hinterher doof und dämlich, um die fehlenden Sachen wiederzufinden usw. Sie fand schier tausend Wege, um mich in den Wahnsinn zu treiben. Für den Kleinen kochte ich abends das Essen vor, damit er am darauf folgenden Tag etwas zu Essen hatte. Ich war ja ganztags auf der

Arbeit und meine Mutter hatte keine Lust zu kochen, wie immer. Meine Mutter aß dem Jungen dann das Essen weg und erklärte mir das noch mit einem Grinsen auf dem Gesicht! Womit sie allerdings nicht gerechnet hatte, war, dass ich anschließend so ein Theater machte, dass der PUTZ förmlich von den Wänden fiel! Meine Güte, normal war die nicht! Sie ärgerte mich ständig, wo es nur ging. Die Situation eskalierte ständig und wurde schließlich unerträglich!

Hatte ich nicht schon diesen Schicksalsschlag erlitten und musste nun auch das ertragen? Bald konnte ich das Leben nur noch mit Alkohol ertragen. Erst waren es zwei Flaschen, dann kam noch Bier dazu. Ich musste den Alkoholpegel den ganzen Tag aufrecht halten, immer etwas nachtrinken. Ich steigerte meine tägliche Alkoholration. Schnell wurden es mehrere Flaschen Wein und mindestens ein Kasten Bier. Dazu noch eine Flasche Gin so zwischendurch für den Alkoholpegel. Irgendwann kamen die ersten Anzeichen, dass mein Körper rebellierte. Meine Beine schwollen bedenklich an, das machte mir höllische Angst. Als eines Tages mein Bein zum zerplatzen Dick wurde, hörte ich schlagartig auf zu trinken.

Als mein Sohn mittlerweile zwölf Jahre alt wurde, zog ich aus. Ich hatte eine Wohnung gefunden. Der größte Schock kam dann! Er wollte nicht mitziehen, sondern bei der Oma bleiben. All' meine Hoffnungen schwanden, dass wir je ein normales Leben führen konnten. Unbeschwert, ohne Tyrannei einer Oberbefehlshaberin. Hat nicht jeder ein Recht auf ein unbeschwertes Leben? Sein eigenes Leben zu führen? Zu leben, wie Du willst, ohne einen Hausdrachen? Es war einfach zum Verzweifeln! Als würde ein Fluch über mir liegen.

Der nächste Schicksalsschlag ließ nicht lange auf sich warten. Mir blieb buchstäblich nichts erspart. Meine Mutter spielte sich so auf, als wäre sie die Mutter meines Sohnes. Wahrscheinlich war es ihr grenzenloser Egoismus, was sie dazu trieb. Wer weiß, wir werden es wohl nie erfahren. Sie versuchte mich regelrecht an die Seite zu drängen. Sie wollte offensichtlich meinen Sohn ganz für sich alleine haben. Als normal kann ich das jetzt nicht bezeichnen. Nachdem ich auszog, bemühte ich mich intensiv, den Kontakt zu meinem Sohn zu halten, besuchte ihn oft, wusch und bügelte seine Wäsche. Das alles war der Frau Oberbefehlshaberin (meine Mutter) wohl ein Dorn im Auge. Schon bald keifte sie herum, ich solle ihre Waschmaschine nicht mehr benutzen. Drama war überhaupt ihr Element. Wahrscheinlich versuchte sie mit allen Mitteln, sich so ständig in den Mittelpunkt zu drängen. Wie eine hysterische Irre konnte sie herumkeifen! Ich ließ mir das zwar nicht gefallen, konnte aber auch nicht viel machen, weil sie ja mit ihrer Waschmaschine machen kann, was sie will. Nach allem, was ich schon durchgemacht habe, hatte sie sich dazu auserkoren, mir buchstäblich noch den Rest zu geben!

Aber keine Angst. Kismet kommt, Karma strikes back. Soll jeder das bekommen, was ihm redlich zusteht! Wenn es bloß endlich mal schaffe, diese blöde Gutmütigkeit abzulegen. Oder trage ich etwa ein Schild auf der Stirn

"Macht mit mir, was ihr wollt!"? Ich werde jede Rechnung begleichen.

# Kapitel 18

# Karma strikes back

Rache ist Blutwurst heißt es so schön. Während manche Leute Rache für völlig unmöglich halten, finde ich sie voll normal. Schon in der Bibel steht es: "Auge um Auge, Zahn um Zahn". Mir geht es vor allem um eines. Leute sollten sich Gedanken machen, was sie anderen antun. Gut, Du kannst jemanden umbringen. Das ist eine Straftat. Eine üble Sache. Genauso kannst Du mit deinen Taten und Handlungen Leute emotional töten. Das Leben buchstäblich versauen. Viele sind sich dessen nicht bewusst. Meine Mission ist: ich möchte Menschen sensibilisieren, etwas sorgfältiger und überlegter zu agieren, wenn diese Taten andere emotional verletzen.

Ich würde sagen, Egoisten sind die schlimmsten Menschen, die sich alles nehmen, ohne Rücksicht auf Verluste.

In meinem Fall war besonders gemein, dass ich mich nie wehren konnte. So wurde ich in die Rolle des Opfers gedrängt. Ich will das jetzt ein für allemal gerade rücken. Ich werde nie wieder ein Opfer sein! Jeder, der meint, mich oder mein Leben zu zerstören, der darf sich darauf freuen, dass ich ihm Gleiches heimzahlen werde. Es ist mir egal, wieviel Zeit vergeht. Es dürfen auch gerne 100 Jahre sein.

Ich meine, was hat sich diese Frau aus Italien gedacht? Das sie mir den Mann nimmt, meinem Sohn den Vater und die doofe Deutsche kuscht und macht Männchen, wie es der hochwohlgeborenen Prinzessin aus dem Hotelclan beliebt? Dass sie mich wie ein Stück Dreck behandelt hat, ohne auch nur an die Konsequenzen zu denken? Aber weit gefehlt Du kleine Schlampe aus Italien! Nennen wir es Karma oder Kismet. Damit wird allen klar, die Theorie habe ich soeben grob zementartig untermauert. Ich werde beim Dalai Lama um Abbitte jaulen.

Überhaupt frage ich mich, wie abgebrüht und herzlos muss eine Person sein, die aus reinem Egoismus zwei Leben völlig zerstört? Damals war ich völlig hilflos, ein Nichts. Doch das hat sich geändert du kleines Miststück! Hast Du nicht damit gerechnet, dass dein Opfer wie Phönix aus der Asche steigt? Rechne mit mir! Ich werde natürlich alle legalen Schritte erwägen, um Dir ordentlich eins auszuwischen. So, wie es schon bereits sagte: "**Du kamst in mein Leben, hast es zertrampelt und zerstört. Nun bin ich an der Reihe: ich werde DEINES zertrampeln und zerstören und wenn ich gebe, dann gebe ich reichlich!**"

1983 wurde mein Sohn geboren. Während der Schwangerschaft erhielt ich noch Drohbriefe von ihr. Diese Person war offensichtlich mit allen Wassern gewaschen. Diese Marta Tiziana Milanossi, Teilerbin des Hotels New York in Assisi, ließ die Hölle öffnen, um ihr Ziel zu erreichen. Meine Widersacherin heiratete in Italien 1985 meinen damaligen Verlobten.

Zwischendurch schrieb ich Marco von Zeit zu Zeit, bekam auch Antwort. Manchmal wunderte ich mich, mit welcher Inbrunst er seine Antwortschreiben verfasste. Manchmal war etwas Fragendes darin, auch etwas Herausforderndes. Als würde eine Schlange am anderen Ende lauern – auf ihr Opfer. Nein, habe ich mir gesagt. Bürschchen, mich wirst Du nicht mehr verschlingen! Sicher dachte er in diesen Momentan daran, seine Ehe annullieren zu lassen * Ironie off *. Um mir dann die Schuld in die Schuhe zu schieben, hieß es dann: "Warum meldest Du dich jetzt erst, was willst Du von mir?" "Ja hallo, bin ich denn so blöd, Dir gleich zweimal auf den Leim zu gehen?" Auch hatte ich seine Telefonnummer für alle Fälle. Die Handynummer, versteht sich, seine Frau durfte ja davon nichts wissen, diese taube Nuss. Außerdem hatte ich die Email seines Arbeitskollegen, über der er manchmal schrieb. Schon nach etlichen Jahren schien er sie satt zu haben. Seine Hotelerbin. Aber seine Anmache ließ mich kalt. Ich gönnte es ihm, eine reiche Frau zu haben. Er, der aus ärmlichen Verhältnissen stammte. Der Vater arbeitete in einer Orangenplantage, die Mutter hatte noch nicht mal eine Waschmaschine. Er, der Carabiniere, wollte ein besseres Leben. Auch wenn er dafür eine fette Frau mit Elefantenbeinen heiraten musste, die mutmaßlich Geld ohne Ende haben sollte. Letzten Endes konnte er dann von dem unbeschreiblichen Reichtum geträumt haben, den ihm diese Frau bieten konnte.

Schließlich war sie die einzige, die seine Unterhaltsrückstände zahlen konnte, mehrerer tausend DM damals. Um es genau zu sagen: die Summe belief sich auf nicht ganz 10.000 DM. Diese lapidare Summe konnte er noch nichtmals in einer Summe auf den Tisch legen, trotzdem er eine "reiche" Frau hatte. Nein. Er musste sie in größeren Raten abstottern! Armseliges Pack ihr dahinten in Italien! Hätte er sie nicht bezahlt, wäre er im italienischen Knast gelandet, seine Karriere als Carabiniere hätte ein jähes, vorzeitiges Ende genommen.

In Anbetracht dieser finanziellen Situation wählte er die Hotelerbin, um dem Finanzdesaster zu entgehen, in dem er sich befand. Hätte diese naive Frau ihm das Geld nicht gezahlt, hätte ich ihm den Gerichtsvollzieher auf den Hals gehetzt! Tabula rasa! Das er mit ihr nur ein bescheidenes Leben führte, damit hätte er sicher im Traum nicht gerechnet. Aber was soll's. Sie zahlte mutmaßlich seine Schulden und er konnte seinen Beruf weiter ausüben. Und wollen wir mal ehrlich sein. Hätte er nicht die reiche Frau gefunden, er wäre wieder im Nichts gelandet. So wurde sie benutzt, so wie er alle Menschen benutzte. Wie heißt es so schön: Jeder bekommt das, was er verdient. Glückwunsch!

Man kann nur hoffen, dass das Hotel nicht eines Tages Pleite geht. Gar nicht auszudenken, was für eine Tragödie das wäre, da seine Frau mit dem gesamten Privatvermögen haftet.... Mit etlichen Millionen verschuldet zu sein und das im Alter, jeden Cent umzudrehen und die Sorgen, wie man die Stromrechnung bezahlt, das Essen auf den Tisch bringt und in alten Lumpen herum läuft... Das täte mir aber wahnsinnig leid. Ach, mein Gott. Ich bin untröstlich. So wie ich Marco kenne, würde er eine solche verschuldete Frau wie eine heiße Kartoffel fallen lassen. Geld ging ihm schon immer über alles. Beten wir für Gerechtigkeit. Grins.

Nun, haltet euch fest. Ich werde in Assisi, besser noch Santa Maria degli Angeli ein Restaurant eröffnen. Einfach so, weil ich Spass dran habe. Tja, bin mal gespannt, ob mein Ex mir über den Weg läuft? Nicht, dass ich nachher noch einen zweiten Teil dieses Buches schreiben muss! Ich lasse mich doch mal verdammt überraschen, wie das endet. Aber vorher fliege ich in die Schweiz und lasse mir das Gesicht liften. Das wäre nicht ich, wenn ich nicht ein Höllenprogramm hätte! Ich möchte auf jeden Fall super atemberaubend aussehen. So wie damals. Der erhebt doch wohl keine Ansprüche mehr auf mich, oder? ¡Hasta la vista Baby!

# Kapitel 19

# Der italienische Mann

Jeder wird sich fragen, wie sind denn Italiener oder Sizilianer so? Speziell die Spezies Mann. Obwohl meiner ja aus Sizilien stammte, als ein Süditaliener war, kann ich die Frage schon beantworten. Ehrlich gesagt habe ich mir darüber damals keinen großen Kopf gemacht. Wir waren insoweit fast wie siamesische Zwillinge; wir dachten dasselbe in jeder Beziehung, hatten die gleichen Vorlieben und den gleichen Geschmack. Fast so eng verbunden wie Geschwister waren wir, je länger wir zusammen waren. Marco war auf jeden Fall ein Macho. Hoho. Aber ein gewaltiger! Da hatte alles nach seiner Pfeife zu tanzen! Das war gleich von vorneherein klar. Ich weiß noch, wenn wir zusammen aßen, war es wohl für ihn üblich, nach dem Essen etwas Obst zu sich zu nehmen. Oftmals vergaß ich das, weil es mir einfach zu ungewohnt war. Dann saß er wie Caligula am Tisch und brüllte aus heiterem Himmel wie ein Wahninniger los: "Wo bleibt mein Obst?" Dabei bemühte er sich, allen Klischees gerecht zu werden. Ein rasender, wutschnaubender Italiener, der wild mit den Händen fuchtelte und gestikulierte, wie ein arabischer Berserker, der einem schlechten Kamelhandel auf den Leim gegangen war. Widerwärtiger Zorn stand ihm so auf dem Gesicht geschrieben, als hätte man ihn um Haus und Hof betrogen. Es blieben keine Zweifel offen. Er war dabei, mir beizubringen, wer der Herr im Hause war. Ich schoss selbstverständlich wie vom Blitz getroffen auf und jagte in die Küche, um schnell etwas Obst zu holen. Ein hübsch angerichteter Obstteller mit einem Messer serviert, das Obst schälte er sich selbst.

Der Macho warf mir dann noch einen warnenden Blick herüber und machte sich augenblicklich über das Obst her. Ich atmete auf und beobachtete ihn dabei. Ja, er hatte eine Menge Arbeit mit mir, mich zu einer gleichwertigen italienischen Ehefrau zu machen.

Doch seine Eifersuchtsattacken waren extrem ausgeprägt. Das kannte ich bislang gar nicht. Wenn wir zusammen waren, schwebten wir auf Wolke sieben. Natürlich musste ich nie etwas bezahlen, wenn wir ausgingen. Ich wurde eher immer dazu aufgefordert, mir etwas Schönes auszusuchen. In vielen Fällen schaute er dann, ob das alles gut und genießbar war.

Besonders schlimm wurde es dann, als ich schwanger wurde und wir essen gingen. Meistens eine Pizzeria, ja fremde Lokale. Ich durfte mir immer etwas von den Speisen aussuchen. Mein Macho ging dann in die Küche, um nachzusehen, ob auch alles sauber war, damit ich mir nichts einfange oder das Kind krank würde. Insoweit war er sehr vorbildlich bedacht und sehr besorgt um sein Kind. Nachdem er dann die Küche ausgiebig inspiziert hatte und grünes Licht gab, durfte ich mir Essen aussuchen. Da ich damals eine höllische Vorliebe für scharfe Sachen während der Schwangerschaft entwickelte, brauchte ich viele Peperonis auf meiner Pizza. Er bestellte die persönlich für mich und dann kam sie, die schöne scharfe Pizza! Der Pizzabäcker kannte sich scheinbar bestens aus mit den Gelüsten von Schwangeren, der Trick war, noch von dem Peperonisaft etwas über die Pizza zu schütten! Herrlich! War das ein Wahnsinn, ein wahrer Hochgenuss! Während mein Macho neben mir saß und mich fragte, wie es mir schmeckte, bejahte ich dies mit einem "Grandios" und schob mir die Pizza rein, als hätte ich mindestens drei Wochen nichts zu essen gekriegt. Ich schob Marco ein Stück davon in den Mund, der augenblicklich die Augen verdrehte und sich die Hand vor den Mund hielt: "Ich glaube, ich muss kotzen!", sprach er und schüttelte ungläubig den Kopf. "Wie kann man sowas bloß essen?" Ich schaute ihn vorwurfsvoll an und sagte: "Sei froh, dass ich nicht noch Marmelade drauf genommen habe!"

Es war ein tiefes, animalisches Gefühl, das uns verband! Etwas ganz Einzigartiges. Mein Marco war damals in einer Pizzeria am Arbeiten. Er war Koch. Und das hatte er höllisch gut drauf! Er konnte kochen und backen wie ein Gott. Irgendwann mochte ich nur noch sein Essen verkosten, er traf auch immer wieder mit seinen Kochkreationen meinen Geschmacksnerv. Ich habe dann später nur noch gegessen, wenn er gekocht hat. Er kochte also regelmäßig für mich, da ich über das leckere Essen so dermaßen aus dem Häuschen war und ihn stundenlang lobte, war er immer voll happy darüber. Natürlich verstand es sich von selbst, dass ich hinterher die Küche aufräumte und den Abwasch machte, ein stillschweigendes Abkommen zwischen uns beiden. Er war immer sehr glücklich darüber und ich bin mir auch sicher, er hatte bei der Situation eine gute Wahl getroffen. Die richtige Frau gefunden, die perfekte Ergänzung. Ja, Liebe ging durch den Magen, bei uns jedenfalls, denn wir waren beide sehr kochbegeistert.

Was besonders lästig war, waren seine täglichen Kontrollanrufe. Er wollte ständig wissen, wo ich war, in welchen Geschäften, was ich da genau gekauft habe und wie lange genau auf die Minute war ich denn jetzt in dem und dem Geschäft. Das konnte richtig Zoff geben, weil ich einfach irgendwelche Zeiten sagte, es war mir zu lästig und außerdem Frau geht Shopping und erinnert sich noch an die Zeit? Das geht ja mal gar nicht! Und wehe tatsächlich stimmten die Zeiten nicht. Dann ging es richtig los. Mir wurde vorgeworfen, ich würde fremd gehen! Ich hatte mich doch bestimmt mit irgendeinem Mann getroffen? Sonst hätte ich doch nicht mit den Zeiten gelogen! Während ich darüber dann herzhaft lachte, brachte ihn das noch mehr auf die Palme. Ich weiß noch, an dem Tag war ich so dermaßen über seine Kontrollanrufe genervt und das Theater wegen der "falschen Einkaufszeiten" machte mich so irre, dass ich Kopfschmerzen bekam. Ich stellte mir buchstäblich vor, das Theater würde sich am Abend womöglich noch fortsetzen, weshalb ich ihn dann später am Abend anrief und ihm sagte, ich würde ihn heute Abend nicht nach der Arbeit von der Pizzeria abholen. Er sollte mal eine Nacht da schlafen. Er hatte ja ein Zimmer dort. Ich freute mich schon drauf, endlich mal durchschlafen! Danach rief Marco mindestens dreimal an und versuchte und bettelte, ich solle ihn doch abholen. Ich blieb aber kalt. Endlich mal ausschlafen, das war mein Credo an dem Tag. Doch ich hatte die Rechnung ohne den Wirt gemacht.

Da er nun bei mir kein Glück hatte, rief er unten bei meiner Mutter an und schüttete ihr sein Herz aus, sie sollte ihn abholen! Wahnsinn! Das der so viel Aktionskraft an den Tag legen würde, hatte ich ihm gar nicht zugetraut. Der Kerl rief doch tatsächlich bei meiner Mutter an und winselte, sie möge ihn abholen. Daraufhin klingelte meine Mutter unten an der Schelle und rief vorwurfsvoll rauf: "Warum willst Du denn nicht den Marco abholen?" Ich sagte, ich wolle schlafen, wäre einfach nur müde. Daraufhin meinte sie, wir könnten ihn ja zusammen abholen, sie würde dann fahren. Nachdem auch sie von seinem Virus infiziert war, ließ auch meine Mutter nicht locker und quengelte so lange wie ein kleines Kind, bis sie schließlich ihren Willen erreicht hatte. Mir blieb nichts anderes übrig als knurrig "ja" zu sagen. Von mir aus. Gut, dann fahre ich eben mit.

Dann ging es los, ab ins Auto und los durch die Nacht, den lieben Marco abholen. Und mir schwante schon nichts Gutes. Mir kam das alles so kurios vor. Nun kamen wir dort an, mein Macho stieg wortlos ins Auto und ebenso wortlos schaute er mich manchmal von der Seite an. Ich dachte noch so: "Merkwürdig der Kerl. Benimmt sich so komisch heute. Ist der wirklich soooo krankhaft eifersüchtig?" Ich konnte es einfach nicht fassen. Zuhause angekommen stieg meine Mutter als erste aus dem Auto und ging ins Haus. Als sie im Haus verschwunden war, ging das Theater schon los. "Was hast du gemacht? Bist du fremdgegangen!" Ich schaute ihn an und sah seine Augen blitzen vor Wut und Angst. Nun gut, ich hätte die Situation entschärfen können, entschloss mich aber erst mal, in ein schallendes Gelächter auszubrechen, was ihn noch mehr auf die Palme brachte.

Während wir oben in unserem Dachzimmer ankamen und mein Italiener vor Wut kochte, war ich einfach nur hundemüde und die kuriose Vorstellung war für mich einfach zu Ende. Wir gingen ins Bett und ja, wir schliefen immer nackt. Das war wohl soweit normal. Er wollte noch an dem Abend Sex aber ich war von dieser Eifersuchtsszene mittlerweile so genervt, da ging gar nichts mehr. Daraufhin ging die Sache wieder von vorne los:

"Hast Du einen anderen?"

"Nein, warum?"

"Sonst würdest Du doch mit mir schlafen?"

"Hast Du sie nicht mehr alle? Ich habe keinen anderen!"

"Komm schon ......!"

"Nein, ich will nicht!"

"Ach biiittttee. Ja?"

"Neeeiinnn!"

"Bitte, bitte. Komm! Mach schon!"

"Himmel noch mal. Na gut, aber ich schwöre Dir, noch ein Wort von Eifersucht und...."

Es war ja grundsätzlich so, dass er gewohnt war, seinen Willen durchzusetzen. Oder sagen wir es mal anders: ich konnte ihm auch keinen Wunsch abschlagen.

Um es kurz zu machen: Sexsucht und Eifersucht sind die zwei grundlegenden Eigenschaften eines Süditalieners! Wer damit nicht klar kommt, sollte gleich die Reißleine ziehen. Generell würde ich Italiener als gefühlvoller, romantischer und sensitiver betrachten. Genussmenschen quasi.

Natürlich war die Mama ein Superfaktor, als wir beschlossen, zu heiraten. Spätestens da wurde ich in allem, was ich tat, an seiner Mama gemessen. Diese Sätze fallen dann oft: "Meine Mama hat das aber gaaaanz anders gemacht!" Das klang schon manchmal vorwurfsvoll. Ein ganz spezieller Schlag der Italiener, die Mama-Sucht! Alles, was Mama macht und tut ist heilig. Überhaupt kommt sie gleich nach der Jungfrau Maria und dem Papst. So ausgeprägt ist die Mama-Manie sonst bei keinem Europäer. Wer das nicht mag, sollte gleich die Finger von einem Italiener lassen.

Ganz besonders beim Kochen wird es brenzlig. Die Italiener sind pure Genussmenschen, eine Frau, die überhaupt nicht kochen kann ist für die meisten ein

NOGO. Ihre ruhige Art gefiel mir auch prima, völlig losgelöst von jeder Hektik, ja so das sprichwörtliche Schuhe besohlen beim Gang, das passt doch wie die Faust aufs Auge! Die Süditaliener werden eine Freundin auch peinlich genau nach ihren vorherigen Beziehungen ausfragen. Da muss sie alles beichten. Warum das so ist? Keine Ahnung. Ich musste meine zum Beispiel auch alle "beichten", wobei ich noch mindestens fünfmal gefragt wurde, ob das auch wirklich ALLE wären! Gut, dass ich nicht noch extra zum Papst musste, um die Sache klar zu rücken.

Dann bekam Marco auch noch Bescheid, dass er zu Weihnachten, also am Heiligabend in der Pizzeria arbeiten musste. Da wollte ich natürlich meinen Schatz nicht so alleine an diesem Tag schuften lassen und mein Schatz kam dann auf die grandiose Idee, mich in die Pizzeria hineinzuschmuggeln, ich sollte dann auf seinem Zimmer warten, bis seine Schicht zu Ende war. Den Gedanken fand ich irgendwie sehr reizvoll. Bliebe mir doch dadurch das ganze Theater Zuhause erspart! Natürlich packte mich die blanke Neugierde, wie so die Personalzimmer in der Pizzeria aussahen! Etwas mulmig war mir schon bei der Sache. Ich musste ja reingeschmuggelt werden und ich wollte nicht, dass seine Kollegen das mitbekamen. Ich wollte schließlich meinen guten Ruf nicht riskieren. So fuhren wir dann an besagtem frühen Abend zur Pizzeria, parkten meinen Wagen und Marco ging vor und ich folgte ihm, direkt hinauf in die obere Etage. Es sah schon merkwürdig aus da oben. Alles ein bisschen unwohnlich und karg. Man hätte wohl auch ruhig etwas mehr putzen können. Aber was soll's, schließlich wohnten da nur die Männer und da ist es eben nicht soooo sauber, als wären auch Frauen dabei. Wir gingen in sein Zimmer, was auch relativ klein war. Ein zweites Bett stand darin. Ich war zuerst völlig perplex als ich das zweite Bett erblickte. Mit etwas sorgenvollem Blick fragte ich ihn, ob da noch einer schlafen würde. Doch er antwortete mir: „Keine Angst, da schläft keiner. Das Bett ist frei im Moment!" Gott, ich atmete erst einmal völlig auf. Während Marco sich langsam umzog und wir uns garantiert tausend mal küssten und umarmten, fühlte ich mich dann doch wohl in dem Raum. Wichtig war ja nur, dass mein Schatz da war. Alles andere war mir völlig schnurz. Marco ging hinunter in die Küche und holte mir ein paar Zeitungen, also Illustrierte, damit ich in der Zeit etwas zu tun hatte, in der ich auf ihn wartete, dass seine Schicht zu Ende ging. Endgültig entfleuchte er aus meinem Blick und verschwand nach unten in die Küche. Ich legte mich auf das Bett und machte es mir richtig gemütlich. Am Anfang blickte ich mich im Zimmer herum, doch da gab es jetzt nichts sonderlich Aufregendes. Ich blätterte in den Zeitungen, zwischendurch döste ich etwas in seinem Bett. Etwa spät am Abend flog die Zimmertür auf und mein Schatz kam herein. In der Hand einen ganzen Teller voller Leckereien, also ein komplettes Weihnachtsessen auf dem Teller! Und reichlich voll gepackt. Während ich so völlig verdattert war, dass er mir diese Überraschung machte, freute ich mich wie ein kleines Kind über den Teller und stürzte mich da auch gleich wie eine Verhungerte drauf, als hätte ich mindestens 10 Jahre nichts mehr gegessen. Das Essen war ein Traum! Da ich ja bereits wusste, wie unglaublich gut mein Schatz kochen konnte und er immer meinen Geschmack traf, war meine Freude gleich doppelt so groß. Als ich mich über das Essen her machte, musste mein Schatz wieder nach unten, seinen Dienst beenden. Oh man, war das ein Essen. Göttlich! Wunderbar! Grandios! Ich habe alles verschlungen und war super glücklich. Ich legte mich hin und schlief irgendwann ein.

Irgendwann spät in der Nacht flog die Tür auf und mein Schatz kam rein. Wir küssten uns erst mal und gingen duschen. Noch mit Klamotten lagen wir auf dem Bett und was mich besonders wunderte war, er hatte eine Flasche Cola mitgebracht. Da das Essen ganz schön salzig war, hatte ich einen Mordsdurst. Er gab mir die Flasche Cola und ich trank gleich ein Drittel auf ex aus, bis ich bemerkte, dass da wohl Alkohol drin war. Ich fragte ihn „Was ist da drin". „Etwas Weinbrand", sagte er. Nun, etwas war wohl „etwas" untertrieben. Ich hatte schon kurz einen richtigen Rausch und dann fing er an, mich auszuquetschen. Er wollte wissen, wie viele Männer ich schon gehabt hatte! Oh man und während ich halb besoffen so alles daher blubberte ohne groß nachzudenken, quetschte er mich immer weiter aus. Als ich dann alle seine „Vormänner" gebeichtet hatte, was beileibe nicht so viele waren, als das ich sie nicht an einer Hand abzählen hätte können, bohrte er immer noch weiter. „Waren das auch WIRKLICH alle? Hast Du nicht vielleicht noch irgendjemanden vergessen?" Ja, ich musste auch alle Bekannten aufzählen, also rein männliche Freunde! Er quetschte mich nach allen Männerbekanntschaften aus und wollte alle Männer wissen, die jemals mit mir in Kontakt standen. Zwischendurch ermunterte er mich immer wieder, aus der Flasche Cola zu trinken, was ich wegen dem höllischen Durst auch teilweise tat. Als endlich die Vernehmung beendet war, erzählte er mir auch seine vorherigen Beziehungen. Was mich jetzt damals nicht so sonderlich interessierte. Wir zogen unsere Klamotten aus und gingen wie immer nackt ins Bett. Nicht umsonst hatte er sich offensichtlich den ganzen Abend darauf gefreut. Ich war weniger begeistert, weil ich doch einen ganz schönen Rausch hatte. Da ging mir ganz die Romantik flöten. Kurz darauf fing er auch schon an, an meinen heiligsten Stellen zu knabbern und wir machten mal wieder unser heißgeliebtes Stöpselspiel. Wir glitten so dahin, einfach nur diese Nacht für uns zu haben und waren Heiligabend soooo glücklich. Ich weiß noch, dass er an dem Abend ganz besonders lange konnte, so dass ich dachte, was zur Hölle ist mit dem denn los? Ich hatte das Gefühl, es dauerte fast eine Stunde! Und so war es auch. In dieser Zeit knallte mein abgewinkeltes Bein bei den regelmäßigen harten Stößen gegen die Wand, was jedes Mal einen lauten Knall verursachte. Das Bett war ein Einzelbett und ziemlich eng. Das regelmäßige „Wumm, wumm", ging wie gesagt mindestens eine Stunde lang. Schließlich hatten wir unser Ziel erreicht, er sein Pulver verschossen. Hätte mir jemand gesagt, ich wäre in der Nacht schwanger geworden, den hätte ich für verrückt erklärt. Am nächsten morgen duschten wir, zogen uns an und gingen in den leeren

Gastraum, um Kaffee zu trinken. Wir frühstückten gemütlich in aller Ruhe und traten dann die Heimfahrt an.

Italiener oder Sizilianer sind grundsätzlich wahnsinnig eifersüchtig und spielen sich so auf, als wäre die Frau oder Freundin buchstäblich ihr Eigentum.

# Kapitel 20

## Ein Besuch im italienischen Konsulat

Zuletzt hatte ich Marco sogar angebettelt, zu mir zurückzukommen. Anfänglich bin ich davon ausgegangen, dass irgendwann einmal Vernunft in diesen sizilianischen Schädel treten müsste. In all den Jahren nahm ich jeden Strohhalm auf, bis zum bitteren Ende – ich wollte meinem Sohn um jeden Preis den Vater erhalten. Dazu gehörte auch, dass ich ihn vor ein paar Monaten anschrieb, ihn anflehte, zu mir zurückzukommen. Wie ein Schaf, das seinen eigenen Metzger bestellt.

Überhaupt - alles fing mit diesem italienischen Konsul an, den wir im Konsulat von Düsseldorf bemühten, weil mein Sohn jaulte, sein Vater wäre gestorben. Tatsächlich steckte dahinter, dass er ihn wohl anschrieb, aber plötzlich keine Antwort mehr erhielt. Da wir auf Briefe oder Mails NULL Antwort vom Konsulat bekamen, nahm ich die Sache in die Hand und telefonierte mich eines schönen Tages durch tausende von Telefonnummern, bis ich endlich die richtige Abteilung und den richtigen Mann an der Strippe hatte. Dafür muss man gute Nerven haben. Nun die Überraschung war perfekt, der Konsulatsbeamte versprach uns weiterzuhelfen, wenn wir ihm noch einige Unterlagen zusenden würden. Selbstverständlich wurde das umgehend erledigt und nach relativ kurzer Zeit kam zu unserem Schock die Antwort! Mein Sohn sollte zum Konsulat kommen, wir waren völlig geschockt. Wir hatten gar nicht so schnell mir einem Resultat gerechnet. Hatten uns auf monatelanges Warten eingestellt. Und nun das. Wir hatten beide ein mulmiges Gefühl im Magen, als wir den Tag los fuhren. Im Termin ging ich dann mit ins Zimmer, wurde schon von dem Beamten mit äußerstem Missmut betrachtet, so von oben herab gemustert mit einem sichtlichen Ausdruck von Abscheu im Gesicht. Ich war absolut geschockt, machte aber gute Mine zum bösen Spiel, weil nur mein Sohn mir wichtig war. Alles andere wäre mir wurscht, pipe egal gewesen. Ich bemühte mich redlich, dem Konsulatsbeamten einen mehr oder minder genauso widerwärtigen Blick zu kredenzen und versuchte, alles möglichst nicht an mich heranzulassen. Sollte er sich doch einfach einen lila Kobold in den Arsch schieben und jodeln gehen!

Der italienische Beamte sagte auch gleich klipp und klar, er würde nur den Kontakt zum Vater herstellen, wenn mein Sohn das wünschen würde. Nicht aber wenn ich es wünschen würde! Das war natürlich wieder ein Schlag direkt in die Fresse und ich musste alles schlucken, ob ich wollte oder nicht. Ich litt förmlich unter dieser Degradierung. So nach dem Motto: eine ausländische Mutter. Iwo, die hat doch nichts zu sagen in einem italienischen Konsulat in Deutschland! Ich meine, das steht ja krass im Gegensatz zum allseits zelebrierten italienischen Mama-Kult!

Mein Sohn überzeugte dann den Beamten des Konsulates, dass er, ja nur er und sonst niemand den Kontakt zu seinem Vater haben wollte. Dann ging die Fragerei los. Was der alles wissen wollte von mir. Er fragte nach früher von dieser Beziehung, was da alles passiert war und warum dies und jenes so war wie es ist. Eine sehr schwierige Situation für mich und ich befand mich dabei in eine Art Schockstarre, tiefe Wunden rissen wieder auf und ich konnte überhaupt nicht damit umgehen. Ich hatte das Gefühl, ich musste mich rechtfertigen wie ein Schwerverbrecher. Offensichtlich hatte sich der Herr Marco C. mal wieder selbst in Szene gesetzt, was sich auch später noch bestätigen sollte. Nichts destotrotz hatte sich der Konsulatsbeamte oder Konsul sich die Mühe gemacht und war erfolgreich dabei. Die Anschrift des Marco C., Vater meines Sohnes, hatte er in Italien ausfindig gemacht. Er frohlockte damit. Wir freuten uns schon viel zu früh.

Und das war kurz und schmerzlos ermittelt. Der Beamte fand die Nummer, die mit der Angabe des örtlichen Einwohnermeldeamtes im Telefonbuch übereinstimmte, führte direkt ein Telefonat mit Marco. Der Beamte saß buchstäblich in seinem edlen Anzug da und grinste völlig triumpfierend, als hätte er gerade das Geheimnis des Sirius entschlüsselt.

Wie Italiener nun mal sind, haben sie alle einen starken Hang zum Drama. Das war auch hier der Fall. Man kann durchaus ein Chaos noch perfektionieren, in dem man wild Personen verwebt, die eigentlich belanglos sind. So gesehen fragte mich der Beamte, wie groß Marco war. Ich sagte, so etwas größer wie ich, damals ca. 1,74 Meter groß etwa. Nachdem ich schier baff war, was das alles mit der Anschrift des Vaters zu tun hatte, wurde es noch verrückter. In der nächsten Minute sollte ich dann die Größe des Konsulatsbeamten schätzen, wobei ich vollends perplex war. Mein Gehirn ratterte zwar, aber die Festplatte war nicht greifbar. Es gab keinen Input zu dem Scheiß! Ich musterte den Konsulatsbeamten ziemlich genau, wie er hinter seinem Schreibtisch saß. Bemerkte diesen teuren Anzug, seine Augenfarbe, seine Haare und na ja, so wie man sich jemanden genau betrachtet, wenn Du eigentlich an jemandem interessiert bist. Nur in dieser Situation gezwungenermaßen. Ich fragte mich immer, was will der damit bezwecken? Ich schilderte ihm also meine Vermutung, hielt den Konsulatsbeamten auch so ca. 1,74 Meter groß, die gleiche Größe fast wie Marco. Daraufhin er: "Ja, die Italiener sind ja eigentlich kleiner, aber ich habe ja dafür schon eine stattliche Größe!" Ich schaute ihn mit große Augen an, mehr konnte ich nicht, war mir einfach zu suspekt diese ganze Sache. Ich dachte noch so im Stillen, wollte der jetzt Aufmerksamkeit haben? Wollte der was von mir? Keine Ahnung.

Das kuriose Schauspiel ging schließlich in die zweite Runde. Als der feierliche Moment der Verkündung der neuen Anschrift von Marco kam, schauten mein Sohn und ich uns geschockt an und erstarrten! War das doch die alte Anschrift von Marco, unter der sein Sohn ihn etliche Male anschrieb, aber keine Antwort mehr erhielt. Auch Karten zu Weihnachten blieben unbeantwortet! Später fand ich heraus, dass Marco mit der gesamten Bagage der Milanossis zusammen wohnte. Mutter, ebenso der fette Bruder mit Familie, nebst der Hotelerbin, das ganze Gesocks unter einem Dach! Wen wunderte es da noch, das Post verschwand oder nie ankam? Mich nicht!

Unter anderem schrieb ich ihn auch einmal an und hoffte, mit Trick18 weiter zu kommen. Ich schrieb Marco, sein Sohn wolle heiraten und ihn zur Hochzeit einladen. Darauf kam nichts mehr, keine Antwort, keine Reaktion! Er stellte sich tot, dieses charakterlose Dreckschwein aus Italien! Allerdings hat dieses menschliche Stück Scheiße noch die Anmut eines Scharlatans; rennt zum Beispiel schön in die Kirche zur Messe, als wäre er der Heilige Franz von Assisi in eigener Person.

Nun, mit dem Besuch beim Konsulat wurde mir so einiges klar. Erstens meldete er sich nicht, weil er wohl Angst hatte, er müsste zur Hochzeit etwas dazu zahlen und zweitens kann man aus dieser Reaktion schließen, dass er nicht gerade in rosigen finanziellen Verhältnissen lebte. Tja, scheinbar - das wirkt auf mich so, weil ich ihn ja kenne. Konnte diese nach außen hin "reiche" Hotelerbin ihm doch nicht diesen unglaublichen LUXUS bieten, den die Heirat mit ihr versprach? Konnten sie sich keinen LUXURIÖSEN Lebensstil leisten? Ich schnappte mir google earth, sauste zu der Straße hin, um zu sehen, ob dort Luxusautos standen. Nichts von alledem zu erblicken! Auf mich machten die Autos eher einen armseligen Eindruck. Groteskerweise habe ich heute 10 x mehr auf dem Konto, als diese Lumpenprinzessin.

Der Beamte im italienischen Konsulat spuckte doch tatsächlich folgenden Satz von ihm aus (Zitat Marco!): "Die lassen immer nur was von sich hören, wenn sie Geld brauchen!" Ich war ehrlich gesagt völlig geplättet, mein Sohn ebenfalls. Wir verneinten daraufhin dem Konsulatsbeamten gegenüber diese Aussage und stellten das klar, wir wollten kein Geld von ihm und überhaupt, was soll das heißen? Warum tat der Idiot jetzt so, als würde er uns pausenlos irgendwie Geld schenken? Was zur Hölle sollte dieser Blödsinn? Wir, also mein Sohn und ich, waren stinksauer. Kaum Kontakt mit dem und die Lügerei geht fröhlich weiter. Erstaunlicherweise zeigte mir das, dass Marco nach all' den Jahren immer noch der Alte war. Kaum zu glauben! Was für eine verdammte Frechheit, ein Lügner vor dem Herrn!

Ich kann nur jede Frau warnen! Überlegt euch das gut, ob ihr wirklich von einem Italiener oder noch viel schlimmer Sizilianer, schwanger werden wollt! Ich würde euch stark davon abraten!

Nach dem aufwühlenden Konsulatsbesuch gingen wir noch zum Griechen Gyros essen. Ich war erleichtert, mein Sohn war erleichtert, er hatte seinen Vater wieder. Happy End? Von wegen!

Der Beamte meinte, er wolle meinem Sohn die Anschrift des Vaters nur geben, wenn er selbst das persönlich wünscht. Nicht aber, wenn die Mutter das wünscht! Das war wieder ein Schlag in die Fresse! Ich war tief erschüttert.

Viel schlimmer noch – alte Wunden rissen wieder auf und ich fühlte mich grauenhaft.

Nun, der Konsulatsbeamte wollte zwischen den beiden Sturköpfen vermitteln, dem Sohn in Deutschland und dem Vater in Italien. Ich hielt das für eine super Idee und war total begeistert. Das sollte doch wirklich einmal klappen. Prima. Er besorgte sogar einen Dolmetscher, der den Brief aus Italien übersetzen sollte (mir wollte man den wohl nicht in die Hände geben). Ja genau. Er händigte meinem Sohn den Brief seines Vaters aus Italien aus. Dieser schrieb nun als Ausrede, warum er sich nicht gemeldet hatte, folgenden Grund: der Brief meines Sohnes wäre nämlich maschinell geschrieben gewesen, da hätte er also nicht gewusst, ob der tatsächlich von dem Sohn wäre oder von jemand anderem! Gleichzeitig schrieb der Vater jedoch seinen eigenen Brief mit Computer, worauf mein Sohn natürlich nicht blöd, sagte: "Pah, woher soll ich wissen, dass der tatsächlich von meinem Vater ist, kann jeder geschrieben haben!" Dong. Das saß aber. Ich war platt. Ich musste ihm jedoch durchaus Recht geben! Der Konsulatsbeamte schnallte das Ganze nicht so oder wollte die Sache mit Ignoranz etwas unter den Teppich kehren. Er war schon relativ raffiniert, der Mann. Er lenkte uns ganz schnell vom Thema ab. Mein Sohn benutzte die gleiche Ausrede wie sein Vater. Das muss man sich mal auf der Zunge zergehen lassen!

Doch nun wurde es wirklich interessant. Jetzt kam der Konsulatsbeamte auf die Halbgeschwister in Italien zu sprechen. Drei Schwestern! Zwei bereits erwachsen und ein Teenager, die Nachzüglerin. Mein Sohn hatte die älteren Schwestern bei facebook ausfindig gemacht und angeschrieben. Er hätte sich riesig gefreut, sie kennenzulernen (weil er selbst keine Geschwister hat). Auch da ist er übel enttäuscht worden und ich denke, dass dahinter dieses Miststück von Hotel-Prinzessin steckt, die ihre Kinder nicht nur gebrieft hat; sie hat ihnen den Bruder in Deutschland vorenthalten, um ihre eigene Schandtat zu decken! Plötzlich war eine Konkurrenz da, ein potentieller Erbe, noch dazu ein Junge, der einzige! Der hätte den Erbteil am Hotel erheblich schmälern können! Man weiß, das Geldgier die schlimmsten Blüten treibt! Marco schrieb noch, er könne das nicht beeinflussen, was die Mädels machen. Ach nee, wa? Ist etwa deine ganze blanke Fassade am bröckeln Du Arschloch? Hast vor Deinen Kindern den Saubermann gespielt, den Moralapostel. Da muss ich dich jetzt leider enttäuschen. Finde dich damit ab, dass dieses Buch auch in Italien erhältlich ist, denn auch Deine Kinder haben ein Recht darauf, die Wahrheit zu erfahren! Der Konsulatsbeamte meinte, die Kinder müssten sich erst mal daran gewöhnen, das wäre auch alles neu für sie. Für sie wäre das auch ein Schock. Prima, das es Eltern gibt, die ihre Kinder unter den größten Lügen aufwachsen lassen, wohlwissend, das irgendwann doch alles heraus kommt. Gut, aber damit haben sie damals noch nicht gerechnet. Der Siegeszug des Internets macht heute ALLES möglich!

Das Gespräch beim Konsulat dauerte fast über zwei Stunden. Wir saßen danach beim Griechen und aßen Gyros, wie schon weiter oben bemerkt. Mein Sohn war gutgelaunt und sichtlich erleichtert. Mir war auch nicht klar, warum er in Abständen Kontakt zu seinem Vater suchte, dann aber wieder total abblockt. So kam bis heute zwischen den beiden kein Treffen zustande. Wir sprachen über die Zukunft, der Gyros schmeckte super und ich meinte zu ihm, er solle seinen Italienischunterricht wieder aufnehmen. Am nächsten Tag kümmerte ich mich darum, einen Privatlehrer für ihn zu finden, der ihm Zuhause zügig Italienisch beibringen konnte. Zu meinem größten Entzücken fand ich auf Anhieb eine junge Frau, die mir wie geschaffen dafür erschien. Sie war sehr kompetent und hatte ihr Lernkonzept gut im Griff. Das war's. So ein Glück auch, ich konnte es kaum fassen. Schnell gab ich per Mail die Kontaktadresse an meinen Sohn weiter, der sich drum kümmern sollte.

Die Überraschung kam dann nur ein paar Tage später! Der weigerte sich plötzlich beharrlich, den Brief von Marco zu beantworten und Italienisch lernen bei der Lehrerin wollte er auch nicht. Keine Zeit, war die Antwort. Ich konnte es kaum glauben! Was für ein Theater war veranstaltet worden und jetzt ließ er den Kontakt wieder einschlafen, so wie immer. Ich war stocksauer. Ich dachte: "Das darf doch wohl nicht wahr sein, was? Nach all' dem Theater jetzt das?" Ich redete mit Engelszungen auf ihn ein – vergeblich!

Stattdessen flog Sohni nach USA, um etwas über eine Woche in New York zu chillen und abzuhängen. Der Konsulatsbeamte hatte sich in fast väterlicher Weise um meinen Sohn gekümmert. Er bekam dafür eine Postkarte aus New York. Ich glaube, so einen Vater hätte er sich insgeheim gewünscht. Und zum x-ten Male war die Vatersache aus Italien im Sande verlaufen. Ich glaube daran, dass jeder Mensch instinktiv Interesse daran hat, die Wurzeln seiner Herkunft kennenzulernen. Das soll jetzt auch nicht heißen, dass der Vater sich nie um ihn bemüht hätte. Als mein Sohn ca. neun Jahre alt war, hatte er Kontakt zu seinem Vater via Email-Anschrift seines Kollegen. Wohlgemerkt! Damit seine Frau nicht dahinter kam! Wie krank das ist, überlasse ich euch zu beurteilen! Jedenfalls damals schrieb Marco meinem Sohn, er können ja mal runter kommen nach Italien zu Besuch, er wäre herzlich eingeladen und könne so lange bleiben, wie er wollte. Das war natürlich wieder ein Wink mit dem Zaunpfahl, den Jungen gleich dazubehalten! Es ging also nie mit reellen Dingen zu, gab nie eine Absprache zum Wohle des Jungen, das wurde mir mit jedem Versuch aus Italien vereitelt. Er scheute sich auch nicht, dem Jungen gleich durch die Blume zu sagen, er solle gleich ganz bei ihm bleiben. Das das dem Kind natürlich erst mal Angst einflößte, wo er schon sowieso zu wildfremden Menschen gehen sollte, wäre ja selbst dem dümmsten Idioten klar gewesen. Wie auch immer. Mein Sohn hatte keine Lust, sich darauf einzulassen, obwohl ich ihm noch gut zugeredet hatte, wie toll ein Urlaub in Italien doch sei. Dabei hatte meinem Sohn Italien so wahnsinnig gut gefallen, als er mit seiner Schulklasse in der Nähe von Rom war. Damals hatte der Kleine noch zu mir gesagt: "Mama, ich wäre am liebsten da geblieben. Es hat mir so gut gefallen dort." Hätte ich meinem Sohn jemals einen

Wunsch abgeschlagen? Niemals! Eher hätte ich die Hölle geöffnet! In uns beiden steckt einfach das Mittelmeergen. Wir lieben das mediterrane Leben. Und ich habe tatsächlich italienische Vorfahren in meinem Stammbaum.

Eine ganz Weile war ich stinksauer auf meinen Sohn, der Konsulatsbeamte hätte so gut vermitteln können. Auch mein Sohn hatte einen echt sizilianischen Dickschädel geerbt. Wie der Vater, so der Sohn!

# Kapitel 21

# Ich fühle mich befreit nach 33 Jahren

Kurzum, nachdem die Sache mit dem Konsulat passierte, ging ich auf die Suche nach meiner Lebenstöterin und fand dieses Miststück bei facebook. Ich war ehrlich gesagt völlig überrascht, das Ganze warf mich in ein Gefühlschaos von Hilflosigkeit, Hass und unbändiger Wut. Da war sie nun, das Miststück - hatte über dreißig Jahre lang in der Versenkung gelebt. Nun konnte ich die Hand ausstrecken, ihr eine virtuelle Ohrfeige erteilen. Da die Wut immer größer wurde, studierte ich erst einmal peinlich genau ihren Account. Übrigens auch der Link zum Hotel New York war dort zu finden. Wahnsinn! Ich hätte mir nie im Leben erträumt, dass ich einmal im Leben dieses Schwein von Frau vor Augen kriege, die mir das Leben versaut hat! Nach langem Hin und Her beschloss ich, sie nach Herzenslust anzupöbeln und dabei verbal auf ihre Schwachstellen einzuschlagen. Oh man, war die fett! Richtige Speckrollen türmten sich da unter ihren Brüsten, als hätte sie doppelte Brüste. Halleluja. Tenor war etwa: "Na Du fettes Schwein, Dein Mann ekelt sich vor Dir Speckschwarte. Er findet mich dagegen sehr sexy und wir haben viel Spass im Bett. Ich stehe auf beschnittene Männer!

Ihre Reaktion war NULL. Keine! Ich dachte so, warte nur ab. Um ihr richtig eines auszuwischen schrieb ich einen Brief auf Italienisch an Marco – per Post. Auf den Umschlag klebte ich süsse Engelchen mit Herzchen drauf. Oh man, der muss eingeschlagen haben wie eine Bombe. Ich schrieb Marco darin, dass ich mich für die süsse Halskette mit Herzanhänger bedankte, die er mir kürzlich schenkte (was natürlich ein Fake war). Der große riesige herzförmige Saphir mit den kleinen Diamanten am Rand sah einfach traumhaft aus und muss doch sicher ein Vermögen gekostet haben. Oh ja. Das muss gesessen haben! Juchhhuuuuh. Klasse!

Gleich ein paar Tage später klingelte bei mir das Telefon Sturm. Und wer war da dran? Richtig, der Konsulatsbeamte des italienischen Konsulates von Düsseldorf, wo ich mit meinem Sohn war. Nun wählte sich der Beamte offensichtlich die Finger wund, um mich auf meinem Festnetzanschluss zu erreichen. Gefühlte 1.000 mal in zehn Minuten! Er hinterließ Nachrichten auf dem Anrufbeantworter. Ich antwortete trotzdem nicht. Er rief sogar meinen Sohn auf dessen Handy an, oh Gott, ja, was hatte er denn so eiligst anzukündigen? Ich sollte mich doch bitteschön mal bei ihm melden? Ich entschloss mich spontan dazu, ihn frontal vor die Wand laufen zu lassen. Wie Du mir, so ich Dir. Ich kann mich auch verdammt stur stellen, da kannste aber einen drauf ablassen! Ich kann auch anders. Punkt. Der Konsulatsbeamte wählte sich weiterhin tagelang die Finger wund, das ging etwa drei bis vier Tage so. Dann hörte es auf. Das sollte eine Lektion sein, von meiner Seite aus versteht sich. Wie auch immer, nach einer Zeit verlief alles im Sande.

Nach einiger Zeit beschloss ich dann, nachzutreten, hatte mich dieses Miststück doch damals während der Schwangerschaft mit Briefen bombardiert, nahm ich nun gleiches Recht für mich selbst in Anspruch. Ich schrieb ihr, ob sie sich net schämt, so wie ein fettes Schwein auf die Straße zu gehen. "Dein Mann wollte immer eine schlanke Frau haben. Stell' Dir vor, ich musste eine Diät in der Schwangerschaft machen! Ja Du weißt schon, wer ich bin. Und dann stellte ich mich direkt bei ihr vor. Ich war mit meinen hellblonden hüftlangen Haaren immer noch ein Männermagnet, obwohl ich eigentlich älter als sie bin. Und nicht mal unwesentlich! Ich schrieb ihr auch, dass sie grauenhafte Krähenfüße (tiefe Falten) im Gesicht hätte. Natürlich hörte ich daraufhin nichts von ihr. Die Übeltäterin war nicht bereit, sich mit mir auseinander zu setzen. Hatte dieses Miststück gedacht, dass nach allem, was sie mir angetan hat, sie einfach so davon kommt? Weit gefehlt, Teresa Du Miststück!

Kurz vor dieser Aktion schrieb ich die älteste Tochter von ihr (also Marcos Tochter) bei facebook an. Ich muss dazu sagen, bis zu einem gewissen Punkt war ich bereit, den Kinder zuliebe die Sache ruhen zu lassen. Jedoch bekam mein Sohn keine Antwort von den ältesten Schwestern, was ihn ziemlich verletzt und gedemütigt hat. Tja, und was passiert, wenn jemand mein Kind demütigt oder verletzt? Genau, ich knöpfe mir das Aas vor und nicht zu knapp! Der Junge war tief enttäuscht und richtig geknickt. Es tat mir in der Seele weh, wie er litt. Unterschätze nie den Kampfgeist einer Mutter! Junge, wenn jemand meinem Sohn etwas antut, dann werde ich zur Hyäne. Ich wäre prompt in der Lage, Lawinen anzuhalten oder Wasserfälle rückwärts laufen zu lassen! Trifft einer diesen Nerv bei mir, wird es brandgefährlich!

Nach reiflicher Überlegung entschloss ich mich daher, die älteste Tochter bei facebook anzuschreiben. Ich fragte sie, ob sie sich wohl einbilden würde, etwas Besseres zu sein? Anstatt mir zu antworten, malte sie ein Bild von mir als MEDUSA! Die Augenhöhlen waren schwarz ausgemalt. Insgesamt ein Kunstwerk von erstaunlicher Treffgenauigkeit. Das Mädchen konnte malen wie Picasso! Das Mädchen ist wahnsinnig talentiert, kann mir gut vorstellen, dass sie dem Kind in ihrer Niveaulosigkeit eine Karriere völlig versaut haben, die Eltern, mein EX Marco und dessen fette Frau. Die Kinder waren schlecht erzogen und spiegelten förmlich den schlechten Charakter der Eltern wieder. Sie benahmen sich sehr reserviert, was heutzutage keinem modernen, aufgeschossenen Menschen entspricht, der beruflich erfolgreich ist. Menschen, die einen guten Charakter haben, stellen sich einer Situation und bemühen sich um Klärung. Dieser Schlag in Italien allerdings benahm sich wie ein Verbrecher, lieber nix sagen, man könnte ihn ja für schuldig befinden. Wer schweigt, der lügt!

Natürlich war die ganze Bagage in Italien sicher geschockt, dass die Frau aus Deutschland nun eine erfolgreiche Unternehmerin, Buchautorin, Übersetzerin mit internationalem Erfolg war. Ich hatte gute Connections zur Presse weltweit, mein Ansehen stieg mit jeder Publikation. Die übersetzten literarischen Werke stürmten schon bald die Bestsellerlisten, meine Reputation wuchs von Minute zu Minute. Mein Einkommen erreichte schon bald schwindelerregende Summen.

Da stelle man sich vor, die Frau dahinten muss wohl geahnt haben, dass sie selbst so rein gar nichts hatte, außer dass sie eine Hotelerbin war. Kein Luxus, nada. Sie machte den Eindruck, als hätte sie ihre Klamotten vom Wühltisch bei der Caritas. Auch ihre Kinder trugen so eine schreckliche Billigkleidung.

Aber schade nur, ich hätte dem talentierten Mädchen so gerne weiter geholfen, ihr Talent zu entfalten. Ich habe so viele Kontakte und bräuchte auch selbst jemanden mit diesen Fähigkeiten für den Entwurf von Buchcovers. Nun ja, wer nicht will, der hat schon. Ich bin aber nach wie vor bereit, diesem talentierten Mädchen, der Halbschwester meines Sohnes, weiterzuhelfen. Tja, um ein Haar wäre sie meine Tochter geworden. Sie ist als einzige der Kinder ihrem Vater aus dem Gesicht geschnitten. Die beiden anderen sind gänzlich anders, was zwangsweise so aussieht, als hätten sie einen anderen Vater. Schließlich vererben sich gravierende Eigenschaften, wie z.B. Locken auch an weitere Kinder. Das sind sozusagen dominante Gene. Sehr merkwürdig. Ich hatte Melissa gleich ins Herz geschlossen, weil sie uns so ähnlich ist, künstlerisch begabt, sehr kreativ und sicher auch sensibel. Wir haben unglaublich viel gemeinsam. Ich hätte sie auch sehr gerne kennengelernt, mit ihr einen Shopping-Bummel gemacht und ihr ein paar tolle Designer-Klamotten gekauft. Mein Sohn hätte sie mit nach New York oder Miami genommen, die Kinder hätten eine tolle Zeit haben können. Das finde ich sehr schade. Nach wie vor steht die Tür jederzeit für sie offen! Sie darf sich jederzeit bei mir oder meinem Sohn melden. Mit den anderen Geschwistern will ich nichts zu tun haben. Dies wäre mal ein klares Statement.

Ich glaube, jetzt und hier ist spätestens zu erkennen, welche wahnsinnige Verstrickungen diese Sache nach sich zieht. Nur weil zwei charakterlose Menschen sich eine Lebenslüge aufgebaut haben, die nun platzt wie eine Seifenblase. Wie wird alles weitergehen? Melde dich bei uns Kleine, Du bist jederzeit herzlich willkommen bei uns!

# Kapitel 22
# Late-Daddy sucht Kontakt zum Sohn

Late Daddy möchte wohl mit seinem Sohn Kontakt haben. Ich weiß nicht, wie er sich das alles so vorstellt. Nie darum gekümmert, jetzt als alter Sack will er den Papi spielen? Schon mehr als lächerlich. Eine bloße Frechheit! Aber die ganze Sache beschäftigt mich. Ich weiß nicht, ob der noch was merkt? Ich meine, welches Märchen will er diesmal auftischen? Er muss ja notgedrungen wieder irgendeinem etwas in die Schuhe schieben, damit er selbst als Unschuldiger da steht.

Möglich könnte auch sein, dass mein Sohn mit ihm Kontakt hat, allerdings verschweigen beide mir das. Mir zeigt er nämlich nie seine Briefe, also wenn er mal Post von seinem Vater bekommt. Ich fühle mich da völlig hintergangen. Im Prinzip würde mich das nicht im Geringsten jucken, aber ich habe Angst, dass der hinter meinem Rücken wieder irgendeinen Mist abzieht. Nach der ganzen Angelegenheit traue ich ihm auf jeden Fall alles zu. Das dürfte wohl jeder nachvollziehen können. Ich meine, was geht in diesen Late Daddys denn so vor? Wie ticken die, wie denken die?

Nachdem ich etwas recherchierte, bekam ich schon einige Antworten. In den meisten Fällen ist es die neue Frau, die dafür sorgt, dass "Mann" jeden Kontakt abbricht, sozusagen aus Angst, er könnte "rückfällig" werden. Sie wollen halt keine "Altlasten" mit sich rumschleppen, sondern einen Neustart. Dabei bleiben oft die Kinder auf der Strecke, aus purem Egoismus solcher mieser Frauen. Der springende Punkt ist, dass es immer die Frauen sind, die ihre Familien zusammen halten. Die Männer, von Haus aus Jäger und Sammler, haben damit rein gar nichts am Hut.

Nun ja, streckenweise hatte Marco sich um seinen Sohn gekümmert. Wenn mal wieder einer von beiden den Kontakt aufrecht erhielt, beide waren nicht gerade begeisterte Briefeschreiber. Allerdings war Marco immer gleich darauf bedacht, das Kind zu sich zu nehmen, anstatt ihm erst mal einen unkomplizierten Urlaub in Italien anzubieten. Egal wie es kam, der Herr war an Egoismus kaum noch zu übertreffen.

Ich meine einmal gelesen zu haben, wenn Väter älter werden, dass die doch das Bedürfnis haben, ihre Kinder mal kennenzulernen. Mein Sohn sagt, der hat heute sein eigenes Leben, was soll der mit dem Kerl? Trotzdem beschäftigt mich das bis zum Abwinken.

Andererseits gibt es Männer, die ihren Ex-Frauen oder Freundinnen vorwerfen, sie würden ihnen die Kinder entziehen, wegen der neuen Partnerin. Jeder hat vermutlich seinen Standpunkt. Bei Marco war es jedes Mal so, na ja, er benahm sich quasi immer so, als hätte ich ihm seinen Sohn gestohlen. Für meine Begriffe völlig irrational, da könnte ich aus der Haut fahren! Immer, wenn ich wegen dem Kind etwas hatte, tat er immer so, als wollte ich von ihm was. Er konnte das eine nicht von dem anderen trennen. Das ist ein Grund, warum viele den Kontakt ganz abbrechen, weil sie Probleme haben, die Gefühle für die Ex-Frau auszuschalten. Das sind Menschen, die in der Regel Probleme mit ihrer eigenen Gefühlswelt haben. Rationale Menschen, die kalt und berechnend sind.

Grauenhaft, ich hätte nicht gedacht, dass es diesem Jahrhundert tatsächlich solche erbärmlich primitiven Menschen gibt. Immer wieder gab es versteckte Seitenhiebe, ganz gezielt gesetzte "Akzente" von ihm, die mich verletzten, erniedrigten, beschmutzten.... Ein Ende war nicht in Sicht. Ganz normale Menschen setzen sich mal zehn Minuten zusammen und bereden sowas wie erwachsene Leute. Nicht bei dem, ich kann 100 Jahre alt werden, ich werde es nie verstehen und kann es nicht vergessen. Was soll ich machen, um das zu vergessen? Verflucht! Das sind Sachen, die einen einfach auffressen. Ich denke, das ist ihm bestimmt auch bewusst. Warum macht er das?

Ich weiß nur eines: sollte der mich hinterrücks irgendwie schlecht machen, dann kann der sich warm anziehen!

Das Schlimme an der Sache ist, dieser Alptraum setzt sich fort und man weiß, man muss auf der Hut sein. Im Großen und Ganzen bin ich mir sicher, dass er sich schon eine handfeste Lüge ausgesucht hat als Ausrede, warum er sich nicht um seinen Sohn gekümmert hat. Ich bin im aber zuvor gekommen und habe meinen Sohn klipp und klar alle Fakten aufgezählt, was dahinter steckt. Er hat seinen eigenen Sohn eiskalt gegen eine reiche Hotelerbin eingetauscht. Das muss man sich erst mal auf der Zunge zergehen lassen! Aus reiner Geldgier, sowas ist der Abschaum der Menschheit. Na ja, er kam aus Gosse in Sizilien, ich hätte damit rechnen müssen. Manche Leute neigen dazu, die Wahrheit zu verleugnen. Schlimm genug, wenn man zu gut ist und solchen abartigen Bastarden auf den Leim geht. Nee, muss das Kapitel schließen, es bringt mich zur Weißglut!

# Kapitel 23

# Mein neues Leben nach dem Buch

Nun, wie sieht mein Leben aus, mein neues Leben nach dem Buch? Ich habe mir vorgenommen, am Jahresende erst einmal Urlaub zu machen! Weihnachten und Silvester auf Sizilien! Genauer genommen geht es mit der Familie nach Taormina. Dort wird ausgelassen gefeiert. Mal schauen, wer mir da so über den Weg läuft. Es wird sicher traumhaft werden, diese malerische Kulisse und sicher auch das warme Wetter, all das wird mir gut tun. Ich mochte schon immer das mediterrane Klima, Sonne, Strand und Meer. Ein schönes Hotel soll es sein, mit viel Komfort. Dort werde ich gut Kraft tanken können, schließlich bin ich heute eine erfolgreiche Schriftstellerin und noch viel mehr. Meine damaligen Peiniger haben bestimmt nicht mit dieser Retourkutsche gerechnet. Sie haben mich als kleines, dummes Opfer gesehen, das man einfach so in die Ecke drängt. Nun hat das Karma gesiegt, ich hoffe, das wird allen eine Lehre sein. Mehr noch, gut dass auch die anderen Kinder dieser beiden Kreaturen die Wahrheit erfahren dürfen. Selbstverständlich wird dieses Buch ins Italienische übersetzt und hoffentlich auch in Italien ein Renner sein. Nichts würde mich mehr erfreuen!

Eine ziemliche Last ist mir von den Schultern gefallen, endlich habe ich die Opferrolle ablegen können. Die Arbeit an diesem Buch hat mich bis an die Grenzen gebracht. Manche Kapitel konnte ich monatelang nicht schreiben, mir war fast klar, das bekomme ich niemals fertig! Dann habe ich gekämpft, so wie immer im Leben. Und ich habe es geschafft! Das war eine richtige Therapie für mich, möchte endlich auch mal wieder Spass am Leben haben. Ich weiß nicht, was noch kommt. Mir ist jedoch klar, ich muss lernen, endlich meinen eigenen Weg zu gehen, das zu machen, was mir Spass macht. Ob ich alles tatsächlich verarbeitet habe, wird die Zeit zeigen. Ich würde gerne ein neues Kapital aufschlagen und wieder glücklich sein. Ja, ich habe wieder neuen Lebensmut. Men alter Optimismus kehrt zurück und auch der Wunsch, Spass am Leben zu haben. Dazu darf ich mir getrost Dinge gönnen, die mir lange Zeit versagt bleiben.

Ziemlich klar ist, ich werde viele Dinge tun, die mir schon immer sehr wichtig waren. Spass haben, ganz unbeschwert sein und einen Traum verwirklichen. Noch bin ich nicht sicher, wo es lang geht. Vielleicht ziehe ich um, möchte gerne am Meer wohnen. Auf dem Balkon sitzen und das Meer sehen. Das habe ich immer so geliebt. Ich werde mir schöne Kleider kaufen, mich wieder selbst lieben. Umgebe mich nur mit schönen Sachen, in der Hoffnung, das Dunkle bleibt für immer im Keller meiner Seele begraben. Ich muss nur einen riesigen Stein drauf knallen, damit alles für immer unten bleibt. Die Zeit kann mir keiner zurück geben.

Ganz besonders flirten werde ich im Urlaub in Taormina! Ha. Was für ein Spass das sein wird, die örtlichen Machos werden mir sicher hinterher laufen, wie die Mücken ums Licht! Sehr lustig wird das! Meine Wahl fiel auf das Hotel Villa Diodoro. Ein tolles Hotel, ich konnte gerade noch die letzten drei Zimmer erwischen, obwohl bis Weihnachten und Silvester noch eine Menge Zeit ist. Taormina ist also relativ gefragt. Auch sehr romantisch. Und ich liebe Romantik. Der grandiose Meerblick und die Nähe zur Altstadt sind perfekt. Nun ja, vielleicht hänge ich einfach noch drei Wochen dran und bleibe einfach da. Abhängen, die Seele baumeln lassen. Arbeiten kann ich ja eh von dort aus genauso.

Ein Ort, wie geschaffen, sich dort neu zu verlieben. Ich lache und kann es kaum glauben, ja! Ich bin frei. Wem werde ich begegnen? Was hält das Schicksal für mich bereit? Fragen über Fragen.

Vielleicht werde ich auch mal Urlaub in Portugal machen, die Insel Madeira soll so traumhaft romantisch sein! Noch mehr als das, diese wilde Schönheit ist wie für mich geschaffen. Und was sind eure Pläne so? Ich habe für euch eine Seite bei facebook aufgemacht, der Link steht am Ende des Buches. Hoffe, ich treffe Dich auch mal dort!

Zur Vorbereitung auf die große Reise nach Sizilien steht schon jetzt ein straffes Programm. Die Hunde müssen ein paar Kilos abnehmen und sind ab sofort auf Diät gesetzt. Die haben sich ein schönes Fettpolster angefressen, die kleinen Monster. Shih Tzu, die Rasse ist etwas besonderes.

Die dürfen nicht mehr als acht Kilogramm wiegen, dann können sie im Passagierraum mitfliegen. Fünfzig Euro pro Stück kostet der Spass mit Lufthansa. Wenn sie nicht genügend abnehmen, kostet es das doppelte und sie müssen im Frachtraum mitfliegen. Das Miles and More-Konto habe ich auch schon angelegt. Alles muss gut geplant werden. Die Vorfreude auf die Reise ist riesig. Überhaupt meine Motivation für diese langen Monate.

Und auch ich muss richtig in Form kommen. Auch bei mir ist eine Diät angesagt. Schließlich will ich mir schöne Kleider kaufen und das geht nun mal nicht ohne die entsprechende Figur. Ich lese jetzt schon sehr viel über Sizilien, es muss einfach traumhaft sein dort. Die haben doch tatsächlich das ganze Jahr hindurch Hochsaison. Eigentlich eine Goldgrube. Vielleicht eröffne ich ein Nagelstudio in Taormina. Mein Gott, das wäre einfach der Oberhammer! Immer noch habe ich Spass daran, Nägel zu machen, wenn es auch nur meine sind und die kann ich leider im Moment nicht extrem lang machen, was ich sehr bedaure.

Ich werde nächstes Jahr nach Italien ziehen (na ja, vielleicht auch Sizilien oder Portugal – Florida wäre auch nicht schlecht), werde mir meinen Lebenstraum verwirklichen! Auch ohne Italiener! Ich werde ein Restaurant eröffnen (vielleicht auch ein Nagelstudio oder beides), genau wie wir es damals geplant hatten. Ich werde das alles in seiner Stadt machen! Assisi. Die Stadt des Heiligen St. Franziskus. Hahaha. Mal sehen, wie blöd er dann schaut. Mittlerweile ist seine Hotelerbin eine fette Frau mit etlichen Speckrollen auf den Hüften, schwarzen Augenringen und Krähenfüßen im verhärmten Gesicht, oder darf ich mir hier an dieser Stelle den Luxus gönnen, das Wort "Gesicht" gegen "Fratze" auszutauschen! Ich bitte darum! Einfach nur, weil's so gut tut! Tja, die hat wahrscheinlich keine Diät in der Schwangerschaft machen müssen, die Gute (Schlampe)! :-)

Lasst euch überraschen, über meine Auswanderung nach Italien werde ich ein neues Buch schreiben, auch was eventuell dort hinten passiert. Es ist ja gut möglich, dass ich auf meinen Ex treffe. Na hallo, bin schon jetzt brennend gespannt darauf! Wie sieht er heute aus? Ist er dünn, dick, attraktiv oder hässlich? Diese Fragen beschäftigen mich schon. WARUM? Weiß der Teufel warum!

Freue mich auch wahnsinnig. Ich habe wieder neue Lebensfreude gewonnen, werde mich jetzt richtig in Schale schmeißen und ich schwöre euch, diese gottverdammte Scheiß-Hotelerbin wird mit mir rechnen können! Beileibe, ich wäre nie imstande, gewalttätig zu werden, niemals. Aber.... es gibt hübsche, sehr subtile Sachen, die man anstellen kann, um jemanden zu ärgern. Für mich heißt das Schlagwort: RACHE.

Fotonachweis: pixabay.com

Liebe Leser,

dieses Buch habe ich im konkreten Slang meines Heimatkiezes verfasst. Nicht jeder kennt den berühmt-berüchtigten Ruhrpott-Slang! Dieses Buch ist eine Autobiografie. Ich musste nach Angaben der Erzählerin alles von der Leber weg schreiben und wollte, dass das Buch authentisch ist, in keiner künstlich-verbogenen Designersprache daher kommt. Die teilweise deftige Aussprache entspricht den Gefühlsverwirrungen, die hier nun mal reichlich vorhanden sind. Sämtliche Namen und Orte, Lokalitäten sind frei erfunden, die Handlungen entsprechen der Realität.

Zu meinen Äußerungen und Beurteilungen:

Die Empfindungen der Erzählerin sind subjektiv und entsprechen ihrem Geschmack und ihrer Al-Gusto-Stimmung. Sie sind NICHT zwangsweise als offizielle Bewertung, Beurteilung, Evalution oder Maßstab zu sehen, sondern als künstlerisch-literarisches Produkt einer persönlichen und tragischen Reise von der Vergangenheit in die Zukunft, gebildet aus menschlicher Schwäche, Satire, überkochenden Emotionen und einseitiger Urteilskraft. Und Wut. Hass und Rache. So denkt und so fühlt die Erzählerin. Ich respektiere es, wenn andere Menschen halt anders sind.

Eine Bitte an EUCH!

Ich wäre sehr stolz auf EUCH coolen Leseratten, wenn ihr mir eine coole Bewertung auf EUREN BUCHPORTALEN hinterlassen könntet.

Ich danke EUCH allen, passt gut auf EUCH auf!

EURE SARAH

## Preisrätsel für die Leser/innen!

### Wie heißt das Gegenteil von New York?

Kleiner Hinweis:

In dieser gesuchten Stadt (nicht Stadtteil!) sind die Sterne der Stars auf dem Bürgersteig, genannt "Walk o_ f_m_" zu finden.

Es gibt schöne Schmuck- und Sachpreise zu gewinnen!

Teilnahmebedingungen:

www.facebook.com/schwangervomitaliener

Unter dem gleichen Link seid ihr alle herzlich willkommen, über das Buch zu diskutieren!

Bibliografische Information der Deutschen Nationalbibliothek: Die Deutsche Nationalbibliothek verzeichnet diese Publikation in der Deutschen Nationalbibliografie; detaillierte bibliografische Daten sind im Internet über dnb.dnb.de abrufbar.

© 2017 Sahra Bellenstein

Herstellung und Verlag:

BoD – Books on Demand, Norderstedt

ISBN: 978-3-7431-2444-8